郁金香

Tulips

在水墨人生里绽放

朱槿 著

廣東旅游出版社
GUANGDONG TRAVEL & TOURISM PRESS
悦读书·悦旅行·悦享人生
中国·广州

图书在版编目（CIP）数据

郁金香 / 朱槿著. — 广州 : 广东旅游出版社, 2019.9
ISBN 978-7-5570-1944-0

Ⅰ. ①郁… Ⅱ. ①朱… Ⅲ. ①散文集－中国－当代
Ⅳ. ① I267

中国版本图书馆 CIP 数据核字（2019）第 142243 号

出 版 人：刘志松
策划编辑：陈晓芬
责任编辑：陈晓芬　陈　吉
责任校对：李瑞苑
封面设计：谢晓丹
内文设计：邓传志
责任技编：冼志良

郁金香
YUJINXIANG

广东旅游出版社出版
（广州市越秀区环市东路 338 号银政大厦西楼 12 楼）
邮购电话：020—87348243　邮编：510060
深圳市希望印务有限公司印刷
（深圳市坂田吉华路 505 号大丹工业园二楼）
889 毫米 ×1194 毫米　32 开　5.25 印张　85 千字
2019 年 9 月第 1 版第 1 次印刷
定价：39.80 元

目录

■[壹]诗情

■[贰]烟火

■ [叁] 杂谈

■ [肆] 忆旧

[壹] 诗情

我试着和春天
心意相通。

诗和散文

我家楼下的大生超市里，喜欢放一些香港老歌，好熟悉的20世纪90年代的味道，喜庆、明朗。

附近的酒吧则是喜欢放西洋音乐，路过的时候，我常常听到激扬的节奏，多么像年轻的时候！我有时候听着会恍惚一下。

酒吧一旁的煲仔饭馆里，喜欢放时下的流行音乐，我听到了金志文唱的歌《远走高飞》……“我一路看过千山和万水”，曲调颇有虚无颓废之感。莫非世道已经如此艰难了吗？真是唏嘘。

这些音乐的气质，都不像诗。

家附近还有东北饭馆，我常去吃饭，那里的水饺很有小时候的味道。有个服务员很可爱，记得我喜欢吃辣椒。我要是点了水饺，她就特别给我送来辣椒。我多点了一份小米粥，她就急急忙忙帮我取消，我觉得她是真的喜欢我。她美好得……像一首诗。

我吃过饭，就往学校走去。路上要经过大沙河。河水颇浑浊，像黄河。有白色的鹭鸟站在水里，优雅地走来走去，大约是在寻找小鱼。有时候鹭鸟也会飞到岸边的木棉树上，卧在一树木棉花之间，真是好看……如画如诗。

木棉花其实是非常好看的，满树的瑰丽花朵，一片叶子都没有，绚烂得像梵高的油画。可是那只优雅的鹭鸟，生生地把木棉花衬托得朴实无华，只能像一篇散文了。

⊙云朵

春天里

云朵好悠然的样子，把重量和理性都交给大地，让云朵来负责浪漫吧。

压路机在轰隆地压过道路。城市的皱纹就这么压平了呢。

马路边有草芽，长不高的小草，不屈的草，在不停地向上向上。

路边也有大树，在楼房的墙壁上打下了影子，仿佛是深沉的画。不知道它们有多少的心事要表达？

不远处的树林里有虫鸣。不是蟋蟀，是叫不出名字的小虫，唧唧复唧唧。

也有鸟在咕咕地叫，好像是故乡的水咕咕？不知道在哪一片幽深的春天里。

春天匆匆掠过，不肯说话。她派出云朵、草芽、小虫、飞鸟，跟人类打着哑谜。你猜出来了没有？

我认真地思索着，站在云朵下、马路上、树林旁、鸟鸣间。我试着和春天心意相通。

电 影

草木的黑影子落在灰色的水泥墙壁上，像国画。黎明和清早的时候，影子是不一样的，像是会变幻的国画，像慢慢地在墙壁上放着一沓幻灯片。

其实是夜晚的时候，植物们在放电影，我都知道的。微弱的路灯是光源，灰色的墙壁是幕布，植物们津津有味地看着电影，一直到月亮都去休息，一直到天边都露出了日光，它们还在看着电影。

画面在墙壁上闪烁着，影像蛮沧桑，我猜想应该是历史片，里面讲述了植物们的故事：萌芽，成长，在风雨里，在烈日下。

“都过去了！”颜色绮丽的朱蕉，在影像前面兀自低语着。一会儿喜鹊就会飞过来，天空也会重新变得湛蓝，我都知道的。

⊙光影

一个春天的下午

下午的阳光照在窗前的绿萝上，白色的花盆看起来像是个硕大的茶杯。浅棕色的桌面上落着绿萝的黑影子。窗帘拢在一旁，是浅浅的烟蓝色，有一点霾的天空的颜色。

绿萝的叶子还有白色的花盆上，都有着细细的反光，很像是河水里的波纹。外面有鸟叫，仿佛是故乡春天的鸟叫。那是什么鸟？

我坐在南国的春天里，回想着中原遥远的童年，幽静的春天里，小小的我会有着莫名的忧伤。可是鸟儿们，总是那么开心。还有河里的小鱼，也活泼得很。

忽然有飞机轰隆而过，好像是直升机的声音。轰隆声淹没了鸟鸣。我的思绪从千里之外的故乡，又回到了这暖热的南方。

飞机的声音倏忽而过，周遭又变得宁静起来。这是周末的下午，少有人在办公。

太阳继续向西而行。烟蓝色的窗帘变得半透明起来。这时候我看得见窗帘下方，有一块深蓝色的抹布，深深的靛蓝，像是画家在那里涂上了一团阴影，也像是影子倒映在窗帘上的盆栽的心事，或者是不知道哪天被我吐出来的、沉甸甸的心事。

我坐在屋子里继续写作。一会儿听到外面的鸟发出了长啸，很像戏剧里长串的笑，夸张得像漫画，或者卡通剧。它们在笑些什么呢？我望着窗外，觉得自己需要一个翻译。

⊙下午的盆栽与光

草木如诗

1. 双色茉莉

花朵听到有一个声音在说：“我喜欢白天。”接着就有另一个声音说：“我喜欢黑夜。”

她四下看了看，周围没有别的草木。那么这声音应该是自己发出来的，这么说来。

她继续静静地听着。有两个声音在辩论着，一个沉稳，一个激昂。这两个声音都想迸发出去，都想大声地发言。它俩争执不休。

花朵无奈之下，去找到春神，请她来平息这场纷争。

春神想了想说：“好吧，你俩都可以表达自己的意见。”

于是就有了双色茉莉：一株花上有两种花朵，一朵紫色，另一朵白色。

这两个花朵，大约一个代表了理智，而另一个就代表了情感？

⊙海棠

2. 海棠

海棠的花朵多么明媚艳丽，一下子就把人的眼睛点燃了呢。

那么红艳的脸庞，那么娇羞，多么像喜欢一个人的时候，既喜悦又羞涩的样子啊！

海棠的叶子则是浓稠的绿，仿佛盛夏一般的浓绿，里面满满的都是心事吧？是明朗的心事，阳光的心事……

可是又有谁真正懂她的心事呢。

看花的人静静地叹息着。其实又有谁能懂她的心事呢！

影子

1.

下班的路上要经过一段围墙，围墙里面是正在施工的工地，围墙外面也颇有荒芜之意。有天我忽然看到墙角长了几株含羞草：大约有一尺高，枝叶细细的，淡然地绿着，很安静很温柔。

日光落在含羞草上，白色的墙壁上印下了浅浅的影子。影子很淡，淡得好像很轻的合声，像是个寡言的朋友，静静地陪伴着，不怎么说话。

我忽然想到，不知道含羞草会不会小声地唱：“我一个人跳舞，从清晨到日暮”？

2

有天下午的时候，我过完马路，忽然看到路边的垃圾桶上，有好看的植物的剪影。是路边的灌木丛，把影子洒落在垃圾桶上：灰蓝色的桶，浓稠似黑夜的剪影，周围是金色的阳光，多么好看！我蹲下来，想把这个画面拍下来。

我左边的人行道上，不停地有人走来走去；我右边的马路上，一直有车辆川流不息。

世人很忙。这么美的剪影，除了我之外，大约不会再有人注意到吧！这美丽的剪影，傍晚的时候就会消失了的剪影！

⊙影子

多余的部分

鸟是不是校园里多余的部分？盖房子的时候，图纸里是不包括它们的。

可是走在路上，听到路边树林里水咕咕的声音，是那么地好听，顿时觉得，人才是多余的，傻乎乎的楼房，也才是多余的。

风是不是多余的？设计师连一个小旮旯都没有给它留下。可它也不在意。它自在惯了的，执着地只属于它自己。

“我不属于任何事物，任何空间，任何人。哪怕我因为孤独而呜咽着，哪怕我因为生气而寂寞地咆哮，哪怕我在寒冷的冬夜里瑟瑟发抖。”我听见它低低地说着。

我是多么喜欢文艺啊，可是这些也好像是多余的。天真烂漫的诗歌是多余的，动人心魄的摄影也是多余的，它们不能增加一个人的权势，也不能带来令人艳羡的财富。

可是我却开心得很……文艺里满满的都是美好，我真喜欢。

我不喜欢没有美感的八股论文，和充满计算的项目书，我觉得它们才是多余的。

它们像灰灰的霾，布满了天空。

地上的人们啊，从来都不知道，天空里不只是有灰霾的。在诗歌的背后，有着大朵的白云，在散文的字里行间，满满的都是湛蓝的晴天。

价格

听说生意往往都是在茶馆，还有咖啡馆里谈成的。我太没眼力了，没法当商人，只好当老师。我坐在广场边的长椅上，跟路过的风，小声地谈着一桩生意：

我可以拍摄出大自然的美，比方说一大棵木棉，还有一沓云彩。还会写诗，比如云朵的想法，还有树木的念头。请问你能给我多少报酬？

风好像沉默着，没有回答。

我继续小声跟它商量着：其实我并不渴求名利，我只是想成名了离开这里。我不喜欢这里的考核，已经有好几个同事都生了大病，我难受得很。

任性的风依旧沉默着，它默不作声。

它是不是只顾匆匆赶路，所以瞧也不瞧一旁的我？

我只好闷闷地坐着，低头看着自己的脚尖。

一会我却闻到了桂花香，清幽甜美，美得醉人。我忽然明白了，原来这就是风报出来的价格。

饼干的味道

是来自马来西亚的饼干，外层酥软，软得好像踩着黄沙地的感觉。别笑话，我是农村长大的，这种松软的感觉，我熟悉得很，也喜欢得很。

饼干里面包了馅儿，味道是酸中带甜。好像有葡萄的酸。这个酸甜的味道像淤泥一样满溢开来，抱歉我真的想起了淤泥，这来自大地的比喻。

饼干有着混沌的甜，嚼起来好像含着许多个小坷垃。颗粒里面混杂着浓郁的酸味，真是农家的口味，连甜蜜都这么稀少。请容许我怀旧一会儿。

饼干的颗粒依旧在嘴里翻腾着，粗粝而淳朴的感觉。饱满的酸里有着少许的甜，像是熬了好大一锅鱼汤，里面却只有一条鱼，鱼的味道迷迷糊糊，寡淡得很。像是农村的孩子，过年的时候穿了件红色的新衣服，浓艳的颜色很衬周围的绿树，可是衣服里面却穿了棉袄，于是红衣服看起来就显得土气。像我的小时候，有着红扑扑的笑脸，可爱得傻里傻气。

我爱艺术

早晨上班的时候，要穿过大沙河。走到桥头的时候，可以看到河边有一条小路，沿着河岸蜿蜒而去。从桥头跨过几个台阶，就可以走到这条小路上。清晨的阳光洒在台阶上，有着黑黑的影子，在阳光下看起来台阶错错落落的，像是一条沧桑的道路，在这里携着影子蹦了几下，然后开始平坦开阔地向前奔去。这个意境真是好看，我赶快拿出手机拍了下来。

我真是为艺术痴狂，走到哪里就拍到哪里，美无处不在啊。

中午的时候去食堂吃饭，要走“烧烤大道”，晒得人简直睁不开眼睛，太阳可真是大。低头的时候，我忽然发现了一个奇妙的画面：我撑的伞在地上留下了圆圆的影子，灰黑色的影子周围，是土黄的马路。我脚上穿着印有迷彩图案的徒步鞋，刚好踩在影子里。啊呀，这个意境很有豪情万丈的感觉：一脚踏破黑暗，从此拥抱光明。我欣喜若狂，又拿出手机拍了下来。

后来我把这张图片发到学院的微信群里了，说这是我自制的心理测试题。题目是这样的：请问你在这张图片里看到了什么？A：突破黑暗拥抱光明的豪情；B：一只脚，一把伞，很大的太阳。我给了两个答案：选 A 的是文艺青（中、老）年，选 B 的是理科麻瓜。

我同事刘洲博士很爽快地答复说："麻瓜一个。"其他人好像也没有选 A，看来都是理科麻瓜。我这个化工学院的文艺女博士，看来真是一朵奇葩。

白天的时候看得到艺术，傍晚的时候也见得到。我常常在食堂吃晚饭，然后走路回家。有天路过学校门口，发现地上铺了一层塑料，这里正在搞绿化，还没有完工。有零星的泥点落在半透明的塑料薄膜上，画面看起来隐隐有艺术的味道。我不假思索拍了下来，回头看画面，真是妙极了：微白的塑料有着半透明的感觉，上面有一些棕色的泥点，怎么看怎么像是国画。塑料的白色是留白，透明的质感又让人觉得快要见得到光明，棕色的泥巴意味着沧桑，星星点点的沧桑，那是岁月里未曾淡去的磨砺，是春天的阳光里，尚未化完的积雪。

⊙清晨的小路

⊙塑料与土

⊙伞

植物们

植物们也是有性格的，我猜。

比如天井里的那个盆栽，我不知道它叫什么名字，只知道它的叶子很繁茂，乱蓬蓬的一大团，像是顶着一头爆炸发。我曾在下午的时候去给它拍照片，刚好拍到了它的影子。黑影子里，盆栽细细的叶子越发地不驯服，像是发脾气的样子，很愤青，很像个唱摇滚的。我觉得这个盆栽真是像我。

下班的路上经过校医院总部，看到围墙外面很多粉红的花。我拿“识花”的 app 看了，知道这个花叫粉红纸扇。粉红的花瓣蛮大的，有鸡蛋大小，可是蔫蔫的，一片一片耷拉着脑袋，很没精神，像是要枯萎了。莫非是白天的时候阳光太烈，把她们晒蔫了？可是后来雨天的时候我路过这里，看到这花朵还是蔫蔫的，没精打采，要枯萎了的样子。阴天的时候来看，她也还是这样。我这才知道这花其实没有枯萎，她蔫蔫的样子是个假象，其实她是在韬光养晦呀。

也有的花真是傻乎乎的，比方说校园里随处可见的大红花。一年四季她都开着，仰着脸，很天真很热情的样子，鲜艳得很。刮大风的时候她开着，下大雨的时候她也开着，夏天太阳暴晒的时候她开着，冬天那么寒冷，她还是开着。她可真是热爱生活，有一颗不老的心。

⊙多肉

⊙盆栽与大红花

向来痴

爱因斯坦说，他没有别的研究秘诀，就是和问题待得久一点……做科研是这样，我发现……摄影也是这样！

我和景物待得久一点，就可以拍到很艺术的照片：不管是地上的落叶，自行车影，行人的脚步，还是路边的小花，树上的绿叶，叶子间的光影，或者天上的云朵与阳光……都有着细微多样的美感。我拍出来，很多张照片都像是画，国画或者油画。我开心得很。

后来我试着把摄影题材拓宽，不时去寻觅荷塘上的光影，雨后花树间彩色的亮光，还想着去东门拍一拍多彩的集市，还有透明的玻璃瓶子，银亮的珠子或者器皿，我觉得会有深沉的意境……记得有次做实验，看到银白的锡粒一粒一粒洒在黑色的实验台面上，我很是被触动，感觉有点像是在教堂听到了圣歌。拍出来的话，一定很好看。

我发现身边不起眼的事物里也有着神奇的光影。我拿着相机，或者手机，走来走去，拍到了许多别致的照片，很有成就感。

摄影到底有什么诀窍呢？记得有个摄影大家说过：摄影就是饱含感情地对待花草人物，把寻常事物拍得不寻常。我因为先前做科研，一直强调创新，摄影的时候首先就要追求新意，这个我做得到。但是有没有饱含感情地对待被拍摄的对象呢？我好像说不清楚。

不过我知道我从小就很容易痴迷，喜欢一个问题钻研许久。看《天龙八部》的时候，里面的段誉喜欢傻傻地对着蚂蚁观看许久，或者呆呆地对着茶花一直说话，我就觉得他的性格有点像我。不过，我可没有他那么花痴。

⊙云朵和竹子

⊙垃圾桶上的光芒

⊙文山湖里的水鸟

⊙小草

下雪

那是2015年年末的一天，天气很冷，我要盖两张被子。醒来后看到朋友圈有下雪的图片，知道深圳真的下雪了。

我在北方长大的，见过许多次下雪，不很稀奇。可这一次，据网上说，是一千年以来，深圳第三次下雪，倒真的是令人惊讶。上一次下雪，据说是在明朝。

天气冷得很，我躲在被窝里面玩手机。看到有网友去梧桐山了，拍了大雪之下的树丛，树丛掩映在厚厚的雪层之下，很有国画的感觉。还有人拍到了冰块里面的大乌龟，比手掌大得多的乌龟，安稳地在冰块里面冬眠。应该是在梧桐山的溪流里拍到的吧，我猜想。

还看到深圳大学（深大）校园里的小猫，卧在一把伞下，伞上落了厚厚的雪。是好心的学生特地放的伞吧？我觉得应该是个女孩子放的。

那么我遇到风雪的时候，谁会为我撑一把伞呢？

我真是羡慕乌龟和小猫，它们可以整天慢悠悠地生活，没有压力，还有人如此爱护它们。

爱护我的人，又在哪里呢？

眼泪掉了下来。打算从被窝里爬起来去拍雪景，可是看看气温，已经到了 4 摄氏度。等我出去，雪应该差不多都化了吧。

中午的时候，我爬了起来，洗漱之后，就下楼去红荔村吃饭。红荔村的玻璃门上已经贴上了年画，是一只红色的小猴子，很喜庆。猴年马上就要来了。年味淡淡的。我抬头望向天空，天色是淡淡的灰，地上车辆稀少，行人寥落，映衬得天空越发空明。在深圳工作的外地人大都回老家过年去了。

吃完饭，我就回家开始写诗。诗歌里还是有爱有暖，胜得过世间的清冷与寂寥的。在这摩登的深圳，我面对着浩大的时空，寂然静坐，仿佛一个古人。

太阳月亮和星星

我觉得作家像月亮，都是在夜色里给人光明，微微的明朗，还有淡淡的暖。这光芒也是平日里收集起来的，来自太阳的光芒；夜间，作家把这明朗又返还给了大地。

太阳好像是父母，他们的爱很炙热，不加保留，毫无遮拦。也像是长大以后遇到的恋人，可以彼此温暖，可以生死相依。还有什么人比父母和恋人更愿意奉献的呢？

而星星们，则像是知己。他们总是淡淡的，不太爱说话，耐心地听着我们在世间倾诉。夜色深沉，星星们一直陪伴着世人，给人光亮，给人希望。偶然地，看得到星星们在眨眼，那是表示不需要我们多言，他们早已心领神会。

[贰] 烟火

日光和叹息
都掉到青苔里
怎么都
找不出来

苔藓

城市里少有苔藓，我留意到苔藓，是因为海棠。

学校的花圃里有很多海棠，一盆一盆地摆放在路边。海棠开了明艳的花朵，叶子浓绿饱满，总让我想起“怡红快绿”一词。我带着相机去拍海棠，意外发现花盆旁边生了许多苔藓，浅浅的暗暗的，绿成一片。最后拍出来的画面里，红花、绿叶、泥土、苔藓合成一幅画，古意盎然。

我小的时候，倒是常常见到苔藓的。雨下得久了，院子里就会长出一层青苔。我妈会去村头挑水，我常常跟着去，看得到那口井的周围，也长了许多苔藓，颇为茂盛，还很潮湿。我妈总是要我站得远远的，怕苔藓太滑，我会摔倒。

苔藓容易生长在背光的阴地，常给人幽暗的感觉。我自己写过这样的诗句：日光和叹息／都掉到青苔里／怎么都／找不出来。我自己看了，颇觉得意。

古诗词里也有苔藓。晏殊写过“池上碧苔三四点，叶底黄鹂一两声。”第一句写青苔三四点，颇有凄清之意，第二句写叶子下面有黄鹂的声音，又让人觉得生机勃发。这样明朗的美，我真是喜欢。

苔藓也可以用来作画，和牛奶拌在一起，就能当颜料用。是一个英国姑娘发明的：她把牛奶和苔藓混好了，当作颜料在墙上涂鸦，一周以后，苔藓就长成一大幅画。她就这样在街头画了很多涂鸦。这姑娘原本是设计师，据说是失意之中去了趟森林，得了灵感，回来就开始用苔藓作画。我真是佩服她的创造力。可一想到这么好的创意又是外国人想出来的，心里就一片黯然。

海棠

学校的花圃里有许多盆海棠，我专门去拍过。海棠花的红色真是好看，很明艳，又有点朦胧的感觉。据说这是孟加拉海棠，叶子椭圆，四季常青，颜色浓郁得很。一盆一盆的孟加拉海棠摆放在路边，绽放在泥土和青苔之上，阴天的时候，画面古雅绮丽，好像古画，我喜欢得紧；晴天的时候，艳阳下的海棠红得耀眼热烈，像是个情感丰富的女子，也蛮好看。

我真是喜欢海棠。后来有一年过年，我真的从花市买了一盆海棠回来。这个海棠的花朵比孟加拉海棠更艳，明丽得像高原上的阳光。我坐在出租车上，一路扶着花盆，看着花朵落在阳光里，画面绚烂得晃人眼睛，仿佛是一幅梵高的油画。

我第一次养花，最终还是没养好。海棠放在窗台上，渐渐地枯萎了。那时候我整天忙忙碌碌，连自己都照顾不好，如何养得好花……可海棠的明艳还是在脑海里萦绕，那种旖旎的感觉，多么像一场幽幽的爱恋。后来我写了篇爱情小说，名字就叫《海棠》。

⊙海棠

小说讲的是一个设计师养了一株海棠，每天都呵护着她照顾着她，海棠对他心生爱慕。渐渐地海棠变成了一个女子，穿着绿色长袍，长袍上印着绛红的花朵。白天的时候，设计师上班去了，海棠就从窗台上跳下来，孩子气地翻看着设计师的画稿。她看到设计师在纸上写了许多个“惠媛”，那是一个女子的名字。原来设计师正在为爱憔悴，他爱着别的女子。海棠的心碎了。她也就忽然枯萎了。

设计师还不明就里，不知道为什么海棠就死去了。夜里他做梦，梦到一个绿衣女子，哀怨决绝地望着他，消失在一片大雾中。醒来后设计师受到启发，设计出一系列的绿色美衣，后来获得大奖。颁奖晚宴上，觥筹交错之中，设计师依然在思索着：那个绿衣女子，她到底是谁？

小说里面，设计师到最后也不知道，海棠就是那个绿衣女子。其实被爱的人，大约都是有恃无恐、浑不在意的。我写这个小说，不过是一片天真，想给付出感情的人一个交代：他会感受得到你爱的能量的，会的。

花朵

1.

医学院的花圃里有棵向日葵，开了金色的花，没过多久，又结了黑白的籽，看得人心里欢喜。

旁边就是化学楼，在往空气中排放着废气呢。向日葵也不管不顾的，就开花了，就结籽了。

晚上我上完课，从花圃旁边走过，看到有一群学生在那里练舞。向日葵背对着他们，落在黑暗里，像是在独自开心地笑。

我凑近花盘，朦胧看得到里面有许多的瓜子。多么像小时候，我和堂妹种的葵花！那时候我们都喜欢花花草草，种指甲花，节节高，还有向日葵。可是我们的向日葵好像老也长不好，瓜子干瘪，老爱长虫子，不如买来的瓜子饱满。真是遗憾。

大约就像眼前这株野生野长的向日葵，这么单薄吧！

我揪下一粒葵花籽，放到嘴里嚼着，味道可真是清新啊！我高兴地走回家去。

2.

我真是喜欢花朵。

我大约是同事里最早或者唯一关注到花草的讯息的：异木棉已经开了粉红花朵了，已经长出嫩嫩的绿叶了，已经结了白色的棉花团了。

图书馆旁边的空地上长了许多含羞草，它们也开了粉红的花了，可是不久又被拔掉了。

“烧烤大道”上不时会多一些小花坛，里面许多的大红花，还有变叶木，我都认得的，也常给它们拍照，拍艺术照！

我还知道综合服务大厅门前有一大片蓝花楹，它们有个别名叫含羞草。它们的叶子看起来像含羞草，可是个头高大多了。我知道它们会长成大树，会开满树紫色的花，看起来像瀑布，像大片烟雾，像许多个梦境。

我大约也是同事里最早或者唯一知道异木棉名字的，仿佛是加了她的微信，开心得很。

3.

这么爱花的我，却没想着自己养花。

我家附近就有花店，门口摆放了许多花草。路过的时候，我的眼光常常粘在花草上面，好久都挪不开。有时候我还会拿出手机拍照。不过是普通的花朵：月季、鹅掌、玫瑰、多肉，可就是吸引我停下来看一会儿。

可我一次都没有买过盆花。怎么会这样子呢？

我仔细想了想，好像是因为年少的时候，父亲会说："穷种树，富养花。咱们现在还穷，就别养花，先种树吧。"所以我们老家的院子里种了桔子树，院外种了冬青，房顶还种了韭菜。我记得提议种桂花，被他否决了。

读小学的时候，父亲还屡屡严厉地训斥我们姐弟："考不好还想吃好吃的！还想穿好衣裳！"

这话我可一直都记得。一直到我自己都工作了，赚钱了，还是常常不好意思把漂亮衣服穿出来，我老觉得自己研究做得还不够好，不可以这么打扮。

嗯，我真是个朴实的孩子。

4.

可父亲自己很喜欢花花草草的啊？我记得的。

有一年寒假里下了大雪，父亲带着我和弟弟去学校看梅花。他在我们小学当语文老师。

我们那所乡村的小学，建在一座高坡上，前面有庙，四周还有坟地。可是那里有着悠久的花草园艺传统：有大大的花池，种了很多花草。我记得有凌霄花，有波斯菊，有大丽花，还曾经种罂粟花！

那么梅花在哪里呢？

在厕所那里。是乡村的露天厕所，还修了月亮形的拱门，刷成白色。梅花就那么绽放在月亮形的拱门旁边，一树红艳，在冰天雪地里看着喜庆得很。寒假里学校没有孩子，厕所也不难闻。就算有也没关系，都是童子尿，干净得很。

我们就在厕所那里赏完了梅花，然后回家去了。其实还有一棵梅花长在男厕所里，也开花了，我就没有去看。

只要开花就好，至于开在哪里，有什么要紧呢。

5.

我在城市里工作已经多年了。

偶然地我也想着买花。盆花我担心自己养不好，插花应该还好吧？我都买了好多插花的书了，特别是日本的园艺大师著的插花书，里面一张图就是一幅画，我喜欢极了。

可是再回到家里仔细看看，就觉得实在没有地方放花：客厅里放了好几个书柜，沙发上满满的都是书，连茶几上也是书。冰箱上方倒是空着，摆得下花瓶。可是这样一来，就显得太满了，没有留白，我觉得堵得慌。

横看竖看都觉得没地方好好地放一个花瓶。那就算了吧。现在的我，凡事喜欢留个空白，不喜欢太满。这样会让自己觉得轻松点。

得留点空闲看一些视野之外的东西。这可是我好不容易才悟出来的道理。

我叹了口气。决定不买花朵放家里，还是继续在外面赏花好了。

鹭鸟

我把手搁在大衣口袋里，慢慢地往办公室走去。风很冷，这时候靠近年关，是隆冬，那么好像该是北风？书里面总是说：朔风正紧。

其实也不知道是什么方向的风，我常常搞不清楚东西南北，绝对的路痴。才一会儿，冷风就像一张湿渍渍的面膜，贴住了脸。好像还有冰凉的水滴，兀自在往脖子里滴。真冷。

天是灰白的颜色，和医学院大楼成了同一个颜色，像是天地相融，像是世界大同。不见一点阳光，灰灰的云层里偶然有一点亮光，孱弱的微黄色，一小片一小片。丝缕的光亮微微地要透出来，像是小的时候，糊了白纸的窗户上，透出了微暖的灯光。

道路两旁还是有许多桂花，花色已呈橘黄，香气几乎无处可觅。也有香樟树，高高的一大棵一大棵，叶子是深沉的绿。香樟树什么时候会变得香香的呢？

大沙河依旧默默地流淌。河里一直有泥沙，不知道是为什么。昨天还看到鹭鸟在水里散步，今天怎么就不见了。

一抬头却看见了两只鹭鸟，落在岸边的绿树顶梢，姿态优雅，颇为潇洒，像是轻功高手。还有两只鹭鸟在河流上空盘旋，扑闪着翅膀，高高地飞着。一会儿鹭鸟又展开翅膀，轻轻滑翔，再一会儿干脆飞到校园外面的楼群里了。

楼群旁边就是马路，此时它的脚下就是来来往往的车水马龙，它会不会害怕？好像不怕。

它不害怕吧，毕竟有翅膀，可以自在地飞走。它可不在乎这里是阴是晴，脚底下是鱼虾还是车流。它自由得像想象，任性得像闪电。

我站在桥上看了好久的鸟儿，才继续前行。一会儿我要去办公室，继续写作。我知道在文学的世界里，我会变成一个御风少年，自在潇洒，好像一只鹭鸟。

尼泊尔的花朵

罂粟竟然可以做插花！我是在尼泊尔的旅馆里见到的。

红艳的罂粟花朵插在一个陶瓷瓶子里，桌上垫着亚麻的布，有着黑白相间的条纹，朴素得很。我记得我小的时候，我妈会用织布机织布，织出来的布料就是这样的黑白条纹，常常用来做床单，能用很多年。

清晨明亮的阳光透过了窗户，照在桌子上，亚麻的布料上有着斑斑点点的亮光。

罂粟的花朵和变叶木的叶子交叉在一起，变叶木硬朗的大叶子上洒着许多黄色的斑点，像是涂满了画画的颜料。罂粟的红和变叶木的黄搭在一起，很有热带风情。这个民族真是天生的艺术家。

先前在外面，我还看到了神龛，神龛上摆放了许多新鲜的花朵，花朵上好像还有露珠。是当地人早早采摘了新开的花朵，拿来敬奉神明的。他们的神情很是安详，眼神宁静得很，当地人大都信奉佛教，所以内心自然就会安稳吧。

尼泊尔的花朵真是大，开得自在舒展。这里的大丽花好像比国内的要大气，颜色也好看，真的是怒放的样子。我还看到了许多的虞美人，以及罂粟，就那么种在院子里，有着狂野的美。

也有许多的菊花。拉加阔特的高山上，就长着许多的波斯菊，有着浓郁的香。这个山有几千米高，可以看到远处的雪山，一群一群，雪的痕迹淡淡的。导游说这里面有珠穆朗玛峰。哇——

晚上我们住在拉加阔特的山上。空气冷冽，我失眠了，眼睁睁地看着月色洒进旅馆里，落在我的床前。月色仿佛是淡淡的灰色，又像是涂了一层淡淡的银光。外面有猫头鹰在鸣叫，猫头鹰的声音听起来很哀愁。这异国他乡难眠的愁绪！

我裹紧了毯子，还是觉得冷，寒意携着月色包围了我。忽然我闻到了菊花香，应该是野菊花的香，是我从小就熟悉的、乡村里随处可见的野菊花的香。这时候忽地在异国他乡与它相逢，仿佛遇见了一个故人，亲切得很。

菊花的香味朦胧又清新，幽香里又有着微微的苦。我闭着眼睛嗅着菊花香，有微醺的感觉。哪里来的菊花香呢？我想起了白天的时候看到的，山上大片的波斯菊。啊，是波斯菊的香味穿墙而过的吗？旅馆的墙壁是土做的，大约不够严实，香味才会散进来吧？我觉得浪漫极了！这烂漫的月色里，异乡的旅馆里，猫头鹰寂寂的鸣叫里，有如此典雅的菊花香越墙而过……美好得像一首诗。

那天夜里我在月光里辗转反侧，闻着清幽的菊花香，心里又悲又喜。悲的是我挂念的人在一个很遥远的地方，和我若即若离，似近还远。喜的是菊花的香如此烂漫，朦胧又美好，这月光多么浪漫！

夜里我还是睡着了，也只睡了几个钟头。第二天早上起来，瞧见了茶几上有一小瓶花，是橘黄色的波斯菊，插在锡做的小瓶子里，原来昨天夜里的香气，就是从这里散发出来的。我不禁哑然失笑。不是外面的波斯菊香穿墙而过啊……我可真是爱幻想啊。

我望着这丛波斯菊，橘色的花朵安静地绽放在银色的锡瓶里，日光照在花瓶上，照在瓶底淡蓝色的桌布上。锡瓶有着静静的亮光，波斯菊绽放在瓶子里，依然有着清幽的香。桌子周围光线暗淡，衬得花瓶和波斯菊美极了，美成了一幅意境清幽的画。我拿起相机，拍下了这个画面。

⊙尼泊尔旅馆里的波斯菊

⊙尼泊尔旅馆里的罂粟插花

簕杜鹃

簕杜鹃是深圳的市花，随处可见，开得随性自在，和这个城市一样，有着乱蓬蓬、野生野长的气质，都十分不符合儒家文化的审美。你看国画里的花朵，无论牡丹还是荷花，或者玉兰，都颇端庄雅致的，千百年来都是如此。簕杜鹃这么粗村、颇不优雅的花朵，估计很难入画。

她也不需要画到画里面，随便在哪里她都可以长得很好。长在阳台上，簕杜鹃就能轻松开出一大片，远远望过去，鲜丽得很。长在草地上，她就像个淘气的孩子，时卧时躺，不时笑得嘻嘻哈哈。就算是种到马路边，她也会迅速地长高，一直爬到大树的头顶，非要跟楼房比试个高低。她的心气儿大得很。

平素我见到的簕杜鹃，都长得很是舒展，无论是生在阳台上、在草地上，还是在花盆里。有一回我见到了一片颇为奇妙的簕杜鹃：她们生在石头缝里，云彩一样从石头里飘出来。看得我感慨万千。

⊙勒杜鹃

那是好几年前的元旦，天心带我们去白马山玩，白天爬山，晚上泡温泉。温泉所在的地方，是个很漂亮的旅馆，景观设计颇为洋气。我刚好在痴迷单反，就背着相机到处乱晃。南方的一月一点都不冷，草木的叶子也只是有些枯黄，看起来就像是北方的初秋，时不时还见得到红叶，衬着碧绿的水塘，倒很有点九寨沟的味道，颇为悠然。

忽然瞧见前面有个假山，假山上一片紫红。仔细看过去，是好几块巨大的岩石叠在一起，成了一个山峦。不同于惯常所见、古装剧中员外家里的中式假山，这个假山明显有美国味道，大气得很，很有西部牛仔气质，我真是喜欢。紫红色的是簕杜鹃，从石块之间的缝隙里长出来的。簕杜鹃弯腰低眉，绕过巨石，攀援而上，最后长成了一片云霞。多撼人的生命力啊，我看得怦然心动，端着相机拍个不停。

其实是拍照的人，和这片簕杜鹃心生共鸣，颇觉戚戚，才会这么情有独钟、心生眷恋吧。彼时的我又累又病，明明怀揣梦想，却偏偏被体制束缚，如同陷入泥淖，而资源眼看着又被大佬垄断，心里面真是苦闷得很。看见这片顽强的簕杜鹃，就好比看到了一部励志大片，我激动得很。

一会儿阿珠过来跟我聊天。她瞧见这片簕杜鹃，也喜欢得很。“很顽强的花。”她赞叹着。阿珠平时常常调戏帅哥，还会骂人，厉害得很，不曾想此时的她如此婉约深沉。阿珠曾经说我和她一样，“都是自立的女性，都是依靠个人能力过活，不需要讨好别人就能生存的。”是啊，我们多么坚强，就像这片石头缝里的簕杜鹃。

不远的地方，山友们正在温泉池里说笑。我知道老余他们在那里八卦聊天。老余是我们同行的山友，早年曾经是国企高管，中年退休，住着四层楼房的大别墅。我和阿珠还得努力奋斗，顽强拼搏。我们多么像这石头缝隙里的簕杜鹃。而我竟然不知道，身为石头缝里的簕杜鹃，我到底应该感到自豪，还是应该感到不平。

郁金香

要到一定的年纪，我才懂郁金香的美。

先前看到的郁金香，往往是一大片一大片，粉色、黄色、白色，或者红色的花朵排成阵列，看起来好呆板。我常常很纳闷：这有什么好看的？像是大型团体操表演。

有次看到从美国回来的齐霁拍了郁金香的照片，才觉得这花有点好看：逆光里面，郁金香的花朵呈半透明状，像个透明的酒杯，里面满满地盛着阳光，颇为浪漫。

不过我还是不太懂，世人为何常说郁金香极美。

直到有个冬天，我去深圳的花市拍花，才觉得郁金香美。当时已经接近年关，有点冷。我走到一家花店，蹲下来拍花。有许多小菊花绽放在阳光下，也有几株郁金香，伫立在那里。后来我看照片，画面里有小朵菊花，有仙人掌，还有郁金香，我忽然发现和其他的花朵相比，郁金香如此挺拔，明朗，又不失娇媚。原来得单独地观看一朵花，才能领略郁金香的美。她英气得很。

后来我布置家居的时候，特地从网上买了郁金香的绢花，花朵白里透着粉红，像婴儿皮肤那么娇嫩。我把一枝郁金香插在一个不锈钢花瓶里，这个花瓶像一颗竖立的瓜子，看着蛮清高，也蛮寂冷。郁金香挺拔地立在花瓶里，她有一朵粉白的花，和两片嫩绿向上的叶子，看着很像是个小姑娘，在伸展着手臂昂扬向上，乖巧、明朗、稚嫩、清新，还有些单薄，她在努力地向上向上。

我看着眼前这朵郁金香，觉得分明像我的一个同事。她是90后的小姑娘，美美的金牛座，刚从美国念完博士，来我们学校工作。她要过tenure track的，但是一时没有实验室，也没有基金，压力很大，有时候说话都有哭音。她中午也不回去睡觉，就在办公室里喝咖啡，埋头工作，晚上的时候还会去健身，用汗水对抗着重压。

再继续看，又觉得这花分明也像我自己：人到中年，孑然一身，扛着几个毛病，还不肯休假，一直坚持写作。我想早点得到读者认可，从此可以保持独立的姿态，成为真正的知识分子。我总是这么天真，这么理想主义。

我一共买了十朵郁金香。另外的九朵，放在一个白色的陶瓷瓶子里。蛮高的瓶子，有着粗糙的纹理。郁金香的花朵从沧桑的瓶子里探出头来，娇娇嫩嫩，像一群好奇的小孩，也蛮好看。

⊙郁金香

在深大新村

多好听的钢琴声啊，不知道是谁家的孩子在练习钢琴。我路过的时候，听到琴声，总是要停下脚步，听一听。钢琴的音符像是许多个洁白的小花朵，或者是许多个落地的星星，砰砰砰地就掉到地上了，好听得很。

我当时住在深大新村，这个小区很旧，看着很是衰败，颇受人同情。可是偏偏有这么美的钢琴声，像是天籁，仿佛不食人间烟火，算是我们这个小区里，难得的风景了。

很多人都搬走了，出去买房子住了。我还住在这里，每天搭班车去学校上班。我整天忙忙碌碌的，心里面像是有一团火焰在燃烧着，给我能量，给我动力。那团火焰的名字，我知道叫做理想。我想成为一个 great scientist。暂时住得破旧一点，我倒是不大在意的。

贾芳老师和我在这里住了很久。她也不在乎物质，不穿名牌，和我一样。我想这大约因为我们都是河南娃的缘故，朴实得很。我们有时候会去城中村里买菜，她告诉我说，猪肝和菠菜一起做汤，很好喝的。有时候她买了酸菜回去，要做酸菜鱼。我俩也都会买外贸的衣服，价廉物美，还好看。有次我夸她的粉裙子好看，她很朴实地指着她的裙子，告诉我：“这里有点小瑕疵，染色了。”外贸的衣服大多有点小瑕疵，我是知道的。有同事很鄙视这些衣服，可我俩浑不在意。生活从来都不完美，我们都懂得包容。

再后来她也搬走了。我还住在这里，周末的时候会拿着手机，在附近逛，东拍拍西拍拍。这里靠着城中村，常常见得到路边有萧条的落叶，破旧的凳子，生锈的自行车，或者是扔在一旁的三轮车。有村里的妇女坐在药店门口，十几个人，一边聊天一边纳着鞋垫。这好像是我很小的时候，老家的风俗，被她们带到这里来了。其实真的需要鞋垫吗？好像也不是，不过是聊胜于无罢了。也有老人带了孩子，跟她们坐在一起，打发着时间。

一旁不远的地方，会有男人坐在一起打牌，也许还赌钱。有时候天色很晚了，他们还在路灯下打牌。有长辈同事生气地骂他们，觉得他们太懒，本应该出去工作的，在这里打牌混日子。我也看到有中年男子躺在三轮车上，大白天的睡大觉。三轮车上写着："收购旧家电，搬家。"可是好像很久了，也没见到人来找他搬家。他睡觉的姿态，不是懒惰，分明是无助。这样貌似懒惰的无助，在很多年前，我体会过的，所以我能够部分地理解他们，他们并不全是懒惰。

盆栽

1.

寒假里少有人在办公室。忽然有天有人敲门，是个怯生生的小姑娘，在楼上值班的学生。她以为我不在，没人浇水，特地带了喷壶，过来给绿萝浇水。

绿萝已经枯了大半，眼看着就要活不成了。好长时间没有人在，它缺水。小姑娘热心地回去拿了剪刀，来修剪枯黄的枝叶，想试试看能不能救活它。

是低年级的学生，不记得我教没教过她。

她怯怯的，对我又怕又敬。呃，不就是我会在毕业答辩的时候，习惯问同学很多问题，不就是上课的时候对他们要求比较严格，不就是我业余写作，出了好几本文艺的书……她这么怯生生的。莫非我气场强大，震慑住人家了？又好像不是，我现在又累又病，疲惫得很，整个人都蔫蔫的。

小姑娘一片一片地剪掉了所有的枯叶。绿萝只剩下了几片绿叶了，依旧放在办公室，看起来孤苦伶仃。

我又去学院领来了新的绿萝，吸甲醛用的。这是新房子，得这么处理。旧的那盆，我把它丢到了垃圾桶旁边。

⊙盆栽

2.

过了几天，路过天井，看到有个盆栽在晒太阳。是我丢掉的那盆。大约是做清洁的大叔把它捡了过来，放在这里让它慢慢休养的吧。

天井里不太有光。中午的时候，只有很小的一片光照在墙壁上。盆栽小小的一团，待在角落里，看着像是做错了事的小孩子。

好孤单的样子！

盆栽的样子，看着好像是从前的许多个我：

很小的时候，父母吵架，我和弟弟站在门口，害怕得很。弟弟站着就打瞌睡，猛地向前一栽。还是个孩子的我们，就像眼前这盆栽一样吧。

读研究生的时候，被老板训斥羞辱，一句话都不能反驳，就像这盆栽一样吧！

工作的时候，听着领导威胁恐吓我们："你们的任务就是争取拿到下一年的聘书！"就像这盆栽一样吧！

除夕夜的时候，一个人去吃快餐，又一个人走入城市的灯火，回到寂寞冷清的家里，就像这盆栽一样吧！

压力很大，整天忙着做实验，累得抑郁头晕，心情无助甚至绝望……就像这盆栽一样吧！

3.

那盆蔫蔫的盆栽一直放在天井里，接纳着雨水和日光。我有的时候路过，会把杯子里剩下的水浇到花盆里。据说绿萝好活得很，它应该会再活过来吧。

春天就这么慢慢地来了，这盆绿萝的叶子，慢慢地从两片变成了六片，枝条上有嫩芽在伸展，要努力挣脱出来，拥抱春天。

墙壁上的光，还是淡淡的一小片。可是我知道，这个盆栽，它死不了了。

春天的绿意越涂越浓，盆栽在一点一点地活过来。可是我却听到了同事生病的消息。有两个同事都生了很严重的病。学院里已经有五个同事都得肿瘤了，眼看着得病的年纪越来越轻，大家的压力越来越大……

“那些因病去世的，其实是上帝帮助他们解脱，让他们不用再忍受人间的苦难。”师弟淡淡地说着。

可是人的一生，就应该如此艰辛，如此苦难，如此无常吗？

我看着天井里的绿萝，它还在默默地生长。我们会和它一样，越长越好吗？会的吧！

高血压

我决定不喝咖啡，喝茶。我去超市买了真空包装的小包茶叶，放在大茶杯里，泡了一大杯。味道太浓，真是苦。我理智地把它们都喝完了，觉得这样会精神很多。可是没多久觉得很虚弱，大汗淋漓的，好像中暑了？

后来才知道，是茶叶太浓，我醉茶了。

接着我想泡功夫茶，这样的茶好像很好喝。我买了玻璃的泡茶器，可是一直都没有用。我嫌麻烦啊，就那么丢在茶几上，一直到茶壶上落了一层灰尘……然后有天我从旁边路过，不小心把玻璃茶壶扫到了地上，哐啷一声，碎了。

我这么牛仔的性格，真是不适合喝茶啊！

先前我都喝咖啡的，一个上午喝几大杯咖啡，中午还睡午觉，倒头就能睡着。喝完咖啡会很开心，好像生活里的烦恼一时都感觉不到了。

那些年真累，我得喝咖啡提神。当时我们这个地方不太有条件做科研，可是我愣头愣脑的，非要在这里垦荒，我坚持着自己做实验，累成……狗。我倒是打心底里觉得，国外的科研人员都这么辛劳，美国和日本的科学家更是苦……累一点没什么。

谁知道后来考核压力越来越大，项目要求挺高。可是项目有期限的，做完了一个项目，就得为下一个项目发愁。我记得我导师在评上院士之前，经费的压力一直都很大，那个压力想想都怕，我可承受不了。

如果能搞定这个钱的问题，不就什么都不用愁了？有了足够多的钱，可以自己支付实验费用，就 OK 了……可我好像没什么赚钱的途径，除了有一些文学的才华……那就写书吧。我闷头写书，一心想赚巨额版税。

然后我就生病了……我去看医生，医生说我是高血压。我告诉她我在一年多的时间里，创作了八本文艺的书，医生说："你不得高血压才怪。"我哪里知道，太累的话也会得高血压。

从此就只能喝茶。我买了速溶的茶包，是我喜欢的红茶，味道是苦涩里带一点甜。可是很快就觉得头晕，原来高血压的人不能喝红茶。再然后我又发现：啊，酱油不能多吃！啊，辣的食物不能多吃！啊，海鲜也不能吃！不然血压就升高，就开始头晕，难受，觉得什么都干不了了，只能茫茫然、无助地、绝望地呆坐着。

可我还有很多理想都还没有实现呢，我急得眼泪都要出来了。星座上说我很有梦想……这些星星们老是影响我，老是让我有远大的志向，可我偏偏生病了！

迫不得已，只好注意饮食，从此告别咖啡和红茶，只喝绿茶，不吃海鲜。渐渐地习惯了早上吃一片降压药，然后该干嘛就去干嘛，倒也无甚大碍。后来我常常忘记自己有高血压，像是忘记了自己还有一个黑黑的影子。

有天导师驾临深圳，我才知道他也有高血压。吃饭的时候，我絮絮叨叨地跟他说："要少油少盐少辣少吃海鲜。"导师听了说："这样的话活着还有什么意思。"他不理会我，埋头津津有味地吃着大虾。一会儿他又喊服务员，他要喝咖啡。我导师淡定得很，他说他平时都不量血压的，他可真行。

在肯德基写诗

寒假里我每天都去肯德基吃早餐，差不多每顿都是油条雪菜粥。吃完了就开始写诗。为什么会在那里写诗，现在想想我也觉得好奇怪。

是因为家里面太冷清，肯德基里面比较热闹吧。

肯德基里人来人往，还放着喜庆的音乐。快要过年了。这些倒也没有打扰我。我坐在那里安静地写诗，一会儿抬起头，四下看看，周围的烟火味道，蛮温暖。

打扰我的是一些小插曲：有个大姐坐在我对面打电话，气愤地谴责婆家人，生气得很。看着她不开心的样子，我觉得婚姻真是不容易。

也有一家人初一的时候来吃饭，吃完准备出去玩。吃着吃着，夫妻俩就呛了起来，妈妈转头对儿子说："你看看你爸爸……"言语之间和儿子结成同盟，一起声讨爸爸。唉，我小时候我妈也会这样的，不好。

也有一个人来这里的。有天早上见到一个年轻女孩在那里低头枯坐，脸上还有泪痕，旁边放着行李箱。她应该是在那里坐了一夜的。是交不起房租了吗？还是呕气了？这样的人生低谷，该多难受。

⊙红与灰

我不敢多看，也不敢多想。

人在江湖，谁没有过孤苦无依的时候呢。过去了的惊涛骇浪，能不多想，我就不去多想。

年关越来越近，肯德基里的音乐从“Merry Christmas”换成了“恭喜发财”，广东人喜欢这样实在的喜庆。不时听得到鼓点和钢琴，两个声音搭在一起，真是好听，很灵动，很清新。

我继续在这里写诗，不知不觉已经写完了一本《花语》，这是一本给大人看的诗集。假期还有一半，我不肯停歇，决定继续写儿童诗，孩子的书比较有市场，这是个很现实的问题。

我有时候到二楼去写作，那里人少，清静。有天早上，我在那里写了好一会儿了，忽然听见服务员在催促着说：“起来，起来。”我回头一看，原来靠墙的凳子上，有个男的脱了鞋子睡觉，他大约已经睡了一晚上了。肯德基这点很好，蛮有人文关怀。

我一坐就是一两个小时，也没有服务员催我。只有一次，一个年轻的服务生粗声大气地要我让开，他要擦玻璃。我瞧见他一只脚行走不便，大约因此才会暴躁的吧，也就没有吱声。

有天看到一个年轻男子坐在门口，一个人大声嚷嚷，胡言乱语，很明显是精神错乱。服务员只是看着，也不吭声。男子继续嚷嚷，我看得于心不忍。医生说我压力过大，植物神经紊乱。严重的时候我也觉得很是迷糊，颇不清醒，很有濒临错乱的感觉。那时候的孤苦无助，大约很像眼前的他吧。

台风

台风“山竹”来了，十二级的大风，携着雨雾，一浪一浪的，波涛一般汹涌地过来了。

我待在家里看着外面的风雨，心里缩成一团。外面的树木在狂风里面翻滚着，挣扎着。忽然我听见咔嚓一声，应该是有树木折断了。再一会儿又听到哐啷的声音，不知道是什么铁桶或者铁皮，滚到了风雨里。

大沙河里的水已经快要溢出岸来，我站在楼上，看得心惊胆战。

有同事发了照片，说客厅的落地玻璃好像要吹倒了。应该是楼层高，还朝南的缘故，这次台风是从东南方位过来的。同事用杠子顶住了客厅的窗户，还堆了很多柜子、箱子，一起挡着。

还好我家不朝南，楼层也不高，风雨只是顺道路过，不吹到屋里来。

这天是不上班的，大家都窝在家里观看风雨。台风吹了一整个白天，差不多到傍晚，才偏移了方向，扬长而去。我悬了一整天的心，这才能放下来。

没法出门，我只好开火做饭。煮了方便面，里面放了荷兰豆。前一天我去超市囤了不少食物，台风天里用得上。

我还买了荞头，看起来好像是蒜头，又有点像野葱头。包装袋上写着是广西特产。我仔细看着，其实不像故乡的腌蒜头，可是也觉得面熟，像是没见到纯元，但遇到了甄嬛。我盛好了面，就着荞头，慢慢地吃着晚饭。

外面已经几乎没有风声了，渐渐地有人喧哗的声音。胆子大的出去溜达了。地上倒着许多的大树，横七竖八的，学苑大道被堵住了。明天怎么上班？路都不通啊。

刮台风的时候，我想起了我的前辈同事周老师，她现在已经退休了，以前没退休的时候，她真的是关心我。记得那是2006年的夏天，我才来深大工作不久，遇上了台风。我在家里倒不觉得害怕。周老师却在自己家替我担心，她不知道我一个人怎么应对台风。她哪里知道我是个女汉子，胆子大着呢。

周老师很有爱心的。记得有天我生病了，是扁桃体发炎，头脑昏沉，喉咙很痛，虚弱得几乎不能走路。周老师看到了，就赶快叫了同事，让她开车送我去医院看病。看完病以后，她俩还送我回深大新村，还特别去菜市场买了菜，回来给我煮了饭，还烧了汤。

可是后来我们还是疏远了……因为有时候她说话太刻薄了……比如她看到我家的铁门都生锈了，就鄙夷地说："什么门啊，都破成这样了。"用的是很歧视的语气……她们东北人很仗义，可有时候也真是刻薄。周老师以前说过，她爸爸是个孤儿，很少教她什么……所以她才这么口无遮拦的吧。

⊙秋色

出家人

我的性格大约是有逃避倾向的。以前念大学的时候，压力很大，我就想着毕业了去西北，支援西部大开发。这样可以逃离都市里的重压，还有各种冷漠。

不过后来也没去。

还是念大学的时候，有次在什刹海，和班上同学一起游玩。忽然我听到了平稳轻灵的佛乐，瞬间有出世的念头，有堕入音乐、忘记尘世的感觉。那天天气晴朗，和风吹着绿柳，女生都打扮得漂漂亮亮的，可我还是被佛乐吸引了。

出家人的生活会是怎样呢？真的可以逃脱红尘烦恼吗？有时候我真是有点好奇。

回想一下我见过的那些出家人吧：

念研究生的时候，有天在万圣书院，看到有个僧人在买书。他推着购物车，里面满满的都是书。他穿着土黄色的僧袍，白色的僧鞋，还戴着眼镜，很斯文，像个知识分子。我在后面看了他好几眼，很是羡慕，觉得他过的是真正的非世俗生活。

可是有的僧人也挺世俗的。记得在普陀山，看到门口的僧人姿态十分颓废，胡乱坐在门槛上，坐成一个大字，还一直低头玩着手机。敏感的我立即觉得他是真的借着寺院来逃避尘世的责任。

还有一次，我去仙湖植物园玩，刚好走到了弘法寺，看到一个僧人（也戴着眼镜）在教育游人，好像是游客在湖里钓鱼。然后这个僧人专注地看了我好几眼，因为那天我穿得比较鲜艳——红色的民族风上衣，墨绿带花的裙裤，风一吹，就显得颇为明艳。

我有印象的僧人，好像就这些了。似乎出家人的生活颇为简单，也不辛劳。所以我在特别沮丧的时候，曾经闪过一个念头：不如出家算了！红尘辛劳，无处藏匿，那就去寺庙吧。这些年压力太大，辛苦得很，简直要受不了啦！

可是后来，看到了一篇文章，是网友在跟踪拍摄南阳的出家人：僧人出家以后，也还是要接受磨炼，要拿着饭钵千里化缘，接受残羹冷炙以及冷眼，还要风餐露宿，以此来磨炼心志，去除尘世杂念。我这才知道原来出家人那里，也不容易得很。那我还是不要颓废，继续在红尘里面打磨吧！

⊙莲

警察故事

爬山的时候认识了莉莎大姐。她做警察几十年了，其中有二十年是在重案组。重案组！我的天，我想到了电视剧《重案六组》，不得了！

莉莎大姐有时候会跟我们讲她破案的故事。她讲起过这样一起谋杀案：女人和情夫合谋，杀了亲夫。死者已经葬了几年了，后来要迁移坟墓的时候，他弟弟发现骸骨的头壳里有个长长的钉子，吓坏了，光着脚就来报案。然后大姐就和同事们一起，把案子破了。我们听得呆住了。

大姐也讲过另外一个故事：一个女的是杀人嫌犯，大姐负责审案。大姐一拳头打过去，啊呀，把那个女的胸前的硅胶打爆了……

大姐讲故事的时候，讲着讲着普通话就消失了，广东话就会跑出来。我听不懂，旁边的山友就会把粤语翻译成普通话。我们就这么时断时续地听她讲警察故事，像在收听电台，偏偏信号还不好。

大姐说她年轻的时候，还当过刽子手的助手，就是负责押着犯人去刑场，等着执行死刑。我的天！眼睁睁看着活人死去……多吓人。

我们问她："你不害怕吗？"

她甜甜地笑着说："一开始也怕，回家跟妈妈说好害怕，后来就习惯了。"真是难以想象，她竟然是巨蟹座的。这个星座不是以胆小著称吗？

大姐说有次刑警抓了她的发小，发小犯了重罪，判了死刑，要执行枪决。是她把发小押到刑场去的。一枪打过去，犯人没有死，忽地扭过头来，求她补上一枪。我们哎呀哎呀地叹息着。真是唏嘘，跟发小在这样的场合诀别！

大姐心态很阳光，浑身满满的都是英气。平时总是笑嘻嘻的，一笑起来眼睛就弯成月牙。想想她真是不简单，跟犯人打交道多吓人，可她一点都不怕，几十年的岁月就这么过去了！

有次大姐给我看了张照片，是在单位里拍的。照片中间是个灰衣蒙面的犯人，边上两个刑警，一边一个押着犯人。大姐穿着警服押着犯人，笑容甜得很。她真像是个太阳，什么样的负能量，都影响不了她。

大姐也很体贴关爱我们。我们出去徒步，常常一起吃饭，她忙前忙后倒茶端菜，照顾着我们吃饱。这个时候的莉莎大姐贤惠得像旧时的妇女。我拿着小傻瓜机东拍西拍，不会照顾人，也没人怪我。反正山友们说我是傻博士，对我的期望值应该很低的。

我这个傻博士也会拿大姐开玩笑。大姐调戏男队员，我就大声说："莉莎大姐真是风骚，她连石头（一个比较年轻的男警察）都不放过。"她闷着头不吭声，一会儿又笑嘻嘻地，浑不在意。大伙也都继续嘻嘻哈哈。

我们一起玩户外的这些家伙，都比较疯疯癫癫。我们常说自己是从翠竹路的康宁医院跑出来的……那个医院，是专门收纳精神病人的，嘿嘿。

我的家乡

春天的时候，大约三四月份，如果去我的家乡，山峦环绕着的这片盆地，会看到漫山遍野的桃花，天地一片明丽。这些桃树夏天的时候结出果实，给当地人带来收益，春天的时候，则是给过路人和观光客四野的烂漫，如此慷慨。

许多人会在河滩上野炊，或者野餐。岸边有农家乐，吃得到本地特产的土鸡蛋、蒲公英苗，还有蒸面条、米汤。还有茵陈可买，带回家去可以熬汤，喝了会下火。农家乐里有古色古香的椅子，矮矮的，围着小方桌，亲切得很，仿佛是我的小时候。

岸边就是我们的村庄。老远就听得到电锯的声音，那是邻居有志的木板厂在开工。电锯刺刺拉拉地响着，有志里里外外忙碌着，他有时候还得去村里的诊所打吊针，或者给自己打胰岛素，他有糖尿病，得吃药。糖尿病人得忌甜食，有志可不管，他常常端着西瓜，吃得喷香，他热爱生活啊。

田地里基本都是果树，庄稼已经少有人种。留在家里的多是老人，少有青壮年。村里几乎听不到羊的咩咩声，牛的哞哞声，鸡鸣也多年不曾听过。不时听到机动车辆的突突声，摩托车的嗡嗡声，小汽车的滴滴声。时不时地会响起豫剧《朝阳沟》的唱段，或者《卷席筒》什么的，是卖液化气，还有矿泉水的面包车过来了，车上有喇叭，一路在乡间响着，放着大家喜闻乐见的本地戏曲，热闹得很，像在城市里。

年轻人大都出去打工了，候鸟一样分散在天南地北的城市里，有的在服装厂缝衣服，有的在宾馆当服务员，有的在绿化队种花草，有的在煤窑的井下挖煤。邻居老德就在平顶山的煤窑上，一干就是多年。他过几个月会回来一趟，每次回来都要吃饺子，还有油旋馍，吃饱了就开始干农活，勤快得很。老德在平顶山还找小姐。他们一起下煤窑的，许多都这样。煤窑上常常出事，上一秒还好好的，下一秒可能就会和死神狭路相逢。他们去找小姐，大约是为了在命运的飓风面前，互相拥抱，求得一点安稳吧！

离村子不远处，就是后坡。山坡上种着红薯，也有苹果，和樱桃。小时候觉得樱桃真是稀奇，能吃上一颗就激动很久。如今樱桃树很多，春天的时候来不及采摘，樱桃就会落在地上，化作春泥。也就不觉得樱桃有多稀奇了。是否物质的进步就会伴随着精神的退步？

没有人回答，世界只是在无声地蜕变着。

村里有时会有人死去。不信教的家庭会大办丧事，要放炮，吹唢呐，隆重地出殡，亲人们要披麻戴孝。有的人家信基督教，他们不主张这样操办，也不主张家人痛哭。我们村的香梅得了癌症，去世的时候就是静悄悄的，没有炮竹和唢呐，也没有哭声。村里不少人都去上了一百元的礼。也有人不肯上礼，说自己常年在外，不用上礼。我四婶说：“钱算个啥！人最重要啊。都是一个村的，人走了啊……”她去上了礼。我四婶也是南北各地去过很多地方打过工的，吃过很多苦，经历过许多苦难与无助。她也信教，主帮着她支撑住了岁月的重压。我为她感到骄傲。

纸箱

1.

我常常网购，在网上买书、买衣服。取了快递，顺手就把纸箱扔到了楼下的垃圾箱里。

小区里有几个老太太喜欢收集纸箱。有时候会跟我要走。大约是旧纸箱可以卖钱。老人家节俭惯了，不舍得浪费。

有次遇到一个抱着小孩的老太太，六七十岁了，问我：“这纸箱奶奶不要了，给我吧？”

我听了生气地说：“我才四十岁，怎么能叫奶奶？我有那么老吗？”

老太太更加委屈：“我这么大年纪叫你一声奶奶，怎么了？”她大约觉得这是尊称。

农村里四十多岁就是奶奶了，叫一声奶奶是尊称。可是城市里面，女人四十岁了可能也还是单身，也还有一颗少女心，也还在努力奋斗、突破自我，确实不想让人家把自己叫老了。

再说我也不显老啊！90后的同事说过我眼睛周围都没什么皱纹。我可是从来都不用眼霜的呢。之所以看起来年长，不就是因为忧国忧民，显得严肃成熟么，不就是因为我喜欢中国风，常常穿着宽松的改良旗袍，旗袍的颜色还比较深沉么。

反正，我不高兴。

2.

对门搬来了一户人家，有爷爷奶奶、爸爸妈妈，还有两个宝宝。

一段时间过去，就和他们熟悉起来，知道爷爷奶奶是湖南的，妈妈是福建的。两个孩子，大的三岁，小的才几个月。傍晚的时候，会看到奶奶站在门口，脖子上挂着一个布做的摇篮，把小婴儿放在摇篮里面摇晃着。奶奶说孩子从小就习惯了，一定得这么摇晃着才肯睡觉，还说这是福建的习惯。我听了觉得好新奇。

慢慢地和孩子也熟悉起来。我回到家的时候，大孩子就叫我一声阿姨，自然而然，像是小时候，我们村里的孩子。

冬去春来，小的那个婴儿也会学着走路了。有时候看到我家的门开着，他就自己走进来。孩子好奇得很，什么都要看看、摸摸，还指着让人给他讲解。

他会指着书架上的书，我就挨个给他念书的名字。他不会说话，就“嗯嗯”地回应着，好像说：“我懂了。”书架上有一些小摆件，他看到了，也要我作讲解。我就跟他讲：“这个是天鹅，这个是荷花，还有小兔子、地球仪……”

小家伙活泼外向，每天都要过来一日游。慢慢地开始学说话了，会叫爸爸妈妈、哥哥奶奶。有时候还管我叫我妈妈，他可能还分不清谁是谁。我真是好笑得很。

我和奶奶也渐渐地熟悉起来。有时候看到我要扔纸箱子，她就要走了。她们这一代人，应该是节俭惯了。小孙子吃不完的小馒头，她说："给奶奶。"她不浪费。她给两个孙子吃零食，是巧克力棒，一人发了两条。大孩子三口两口就吃完了，奶奶教育他："慢点吃。"

一点都不奇怪。记得以前我妈买了硬糖给我，也要我慢慢含着吃，不要嚼碎了吃，那样吃得太快。那时候我都高三了。

那个年代，钱确实不好赚。

3.

有天看到对门的奶奶去卖纸箱。她攒了厚厚的一大摞。老太太动作麻利得很，娃娃脸笑成一团。她皮肤很好，看着比我周围的同事们年轻多了。老人现在应该没有什么压力，不像年轻人，身上往往背着房贷、车贷，疲惫不堪。

可是一个纸箱能卖多少钱呢。五毛？一块？这里两室一厅的房租，一个月就是五千块，出去买菜，一斤青菜就好几块……农村老人家应该没有退休金，所以她才这么想着攒钱吧。

有时候小宝宝来我家玩，老太太跟着过来。她看到我家的小厨房一片冷清，眼睛里颇有悲悯。她知道我不开火，常常叫外卖。她肯定觉得我这日子难过得很。

没有家的日子叫什么日子。我知道他们那一代人都是这么想的。

奶奶知道我们压力大，我跟她说过我有高血压，她听了同情地说：“那是真的累。”

她家的小宝宝经常来我家玩耍，我喜欢小孩子，跟他玩得很好。长辈对晚辈的爱护，大约就是这样的吧。

有天晚上，忽然有人敲门，说是塘朗村社区工作站的人，要来小区查人口。我以为是在抓逃犯，很是害怕。老太太安慰我说：“不怕不怕。”她的语气就像平时我跟她的小孙子讲话。听得我心里面暖暖的。

4.

隔壁又搬来了一户人家，家里也有个老太太，年纪要大些，有七十岁了吧。有时候看到我要把纸箱子当垃圾丢掉，就说："我帮你扔。"她说话的声音都有呜咽。

这样的呜咽我一下子就能懂。几年前因为高血压，我常常头晕，非常焦虑，担心以后一直不好，会失去劳动能力，会因此没了工作……终于成了抑郁症，头晕得厉害，几乎没法工作。那时候我真的以为以后再也好不了了，讲话的声音，时不时地就是这样，颤颤巍巍的，颇多焦虑，还有些呜咽。

老太太是不是在担心老无所养？农村人是没有退休金的，老了的时候应该很没有安全感。小区里这么多老太太都会去捡纸箱子，大约都是想着攒钱而得安全感吧！

可是这个年头，年轻人也常常觉得不安稳。

我想起几年前去西藏旅游，遇到一个80后，她在公司做人力资源部经理，讲起自己这些年在深圳的打拼：先是月工资两千，再到月入两万，可工资一直都不够用。她说自己手机24小时不能关机，说公司里每个月的考核就能把人折腾死。说起生老病死的问题，她爽快地说："哪天要是我得病了，觉得自己不行了，就飞到瑞士，打一针安乐死。"年轻人很想得开。

[叁]杂谈

留白，是清明宁静，

是心境的明朗。

创意

中国文化真是不利于创新。想想我小的时候，父母总是要求我听话，不能反驳他们的观点。大人也不让我动手摆弄器械。我妈总是大喝一声："你别动……她不让我碰电器，还有家具，怕弄坏了，得花钱修。"她节俭得很。

所以我动手能力欠缺，还老是缩手缩脚的啊。

大人们保守得很，不敢冒险。我总是听父亲说："让别人先去试试种什么果树有前途，自己先去尝试的话，会赔本的……"他颇为自己的保守洋洋得意的。可是赚钱之道大家都懂了的话，还能有多少钱可赚？我记得李嘉诚说过，如果一个赚钱的办法是 95% 的人都知道的，就意味着无钱可赚。如果只有 5% 甚至 1% 的人知道这个赚钱之道，他才会去试。

中国文化里很多地方都会扼杀创造力的……奇怪我这么冒险，还特立独行，不喜欢从众的个性到底是怎么保留下来的呢……我的创意又是从哪里冒出来的呢……

嗯，其实是我长大以后，好不容易才摆脱了儒家文化的束缚，费了好大劲儿培养出来的。不容易。

先前我也不大敢坚持自我，也不敢违背主流观点，也想着得到周围的认可，以及赞赏。可是后来发现这样可真是累。世道的主流是金钱和权力，很遗憾，这两个我都搞不定。

后来我变得不 care 周围人的观点，只闷头创新。汤因比说，推动人类进步的力量，就是爱与创造。创新是一件多么有价值的事情，干嘛在意世俗的价值观。

还说创意。其实现在想想，农村人也有创意的。我记得小时候，有次跟着我妈去后坡，路上看到地垄里有个泥塑的人脸，栩栩如生，真是个艺术品。原来是长生捏的塑像。我惊为天人，他可真的是天生的艺术家。

我老家的邻居秋莲也有创意：她喜欢自己制作香料。秋天的时候她就会去寻觅野生的花椒树，采下许多花椒，再配上其他辅料，自己制成五香粉，第二年能用一年。我妈不屑得很，她觉得这样节俭真是没有意义。我妈是买现成的十三香，她很看不上秋莲的 DIY 产品。

我妈一辈子都喜欢掐尖，性格太过要强。大约是因为她从小就没有得到过长辈宠爱吧。我外公去世得早，外婆也很早得了癫痫，她跟着哥嫂长大，哥嫂的宠爱自然不能和父母相比。

所以她心里面一直都希望能得到许多的认可，还有许多的夸奖吧。

很多年以后我读了博士，开始工作了，知道赚钱不易，而生活成本又太高，开始觉得钱总是不够用，我也开始节俭起来。我觉得节俭依然是美德。韩国的电视剧《宫》里面，太子妃就很朴素，白粥都吃得很香。她和皇太子去逛超市，太子要买贵的蔬菜，她就理直气壮地一把拿下，回头选了打折的蔬菜，这么朴素的韩国文化，我很喜欢。

工作好几年以后，有天我忽然明白了秋莲制作香料时候的心境……是那种极大压力之下，焦灼沧桑、努力节俭的感觉……我是名校毕业的博士，一样要被各种压力push，得拼尽全力地工作，仿佛压力总是超过我的实力，仿佛第二天就是末日。我的经费很少，得省着花，费尽心思挑选便宜的原材料，设计出巧妙的路线，还自己动手做实验，因为怕漏掉第一手的实验现象……我这么节俭地做研究，就好比秋莲，在秋天的乡野间，四处奔波着采摘花椒，准备自己制作第二年的香料吧。

文理兼修

艺术和科技是可以混搭的。想想那些让我印象深刻的例子吧：

2005年的时候，我去书城，看到了一本美国人写的书——《庭院装饰灯》。书里面图文并茂，讲解了如何创作各种富有创意的庭院灯饰。其中有一篇讲的是如何制作有古旧感觉的灯饰：作者用铜制作了灯具，然后放在化学试剂里面，进行腐蚀反应，在灯具表面生成一层绿锈，看起来古意盎然。我看得长久无言。我自己就是学化学的，可是从来不知道，原来这个化学反应可以有这样的用途，可以这样科技与文艺齐美。我心里真是难过得很。

后来，2009年的时候，我看了迈克尔杰克逊的很多MV以及表演录像，真的有脑洞大开的感觉。记得有一次是他在现场表演《Dangerous》，迈克尔做出开枪的动作，舞伴的身上火花四射，像是真的有枪击发生，逼真得很。应该是用了小支烟花做了道具的，我想。对这个创意，我真是钦佩不已，又暗自伤心：明明是我们中国人发明的烟火，可是从来没有这么好的创意……唉。

我们的教育过去一直都不主张文理兼修，学得太专，其实对人生是颇多局限的。文理兼修实在是大有裨益，毕竟文科和理科思维方式不同，兼修的话可以互相学习，互为补充。台湾电影大师杨德昌就曾经说过，他的理科背景使得他在拍电影的时候，会一直思考为什么，会把背后的原因找出来。所以他才能拍出那么经典的电影《牯岭街少年杀人事件》：明明是一桩看似寻常的杀人事件，但是杨德昌一直在深入钻研，去找寻问题的根由。他在电影里告诉观众：在一个高压的社会氛围里，人人都在承受着重压，这时候在一个比较脆弱的缺口，压力冲出来了，少年杀死了他的女朋友。杨德昌自己说过，他电影里的深度要得益于他的理科背景，他是计算机系毕业的。

还有一个例子，很可能也和文理兼修有关，是关于薛定谔方程的故事：学结构化学的时候，薛定谔方程真像是从天而降，那一堆稀奇古怪的符号以及方程啊……化学系的学生往往没有多深的数学功底，薛定谔方程里面涉及的数学，我们很是陌生的，看着就怯得很。

反正我当时觉得自己的智商很有硬伤……很多年以后，我看了薛定谔的传记，才知道他是用了类比的办法，把宏观体系里描述机械波振动的方程拿过来，描述了微观体系具有波粒二相性的粒子，后来这个假说又经住了实验的验证，才被大家奉为经典。薛定谔是个文艺青年，出过诗集的，我猜他写诗的时候用比喻用惯了，就习惯性地打比方，类比思维啊，然后就出来了这样一个经典的薛定谔方程。

茶馆文化

我看到了一本好书，名字叫《茶馆——成都的公共生活和微观世界》，是一个美籍华裔教授写的。书里研究了四川茶馆文化的保留，写得非常生动活泼，又很有深度，我很喜欢。

先前我很是不欣赏这种茶馆文化，觉得这样的文化真是慵懒，一天到晚这样生活，不落后才怪。落后就要挨打啊。中国可曾经被欺凌了一百多年呐。

以前我也不懂得为什么要保留地方文化。明明有的文化不够先进的啊。那时候我崇拜西洋文化，认定了人生就该像西洋人一样不停拼搏，马不停蹄。我一度觉得那才是先进的文化。

所以年轻的时候，我一直都是个牛仔，一直在打拼。

拼到中年，开始有了病痛困扰，我开始觉得没有必要一辈子都这么不放松。中年以后慢下来，不那么劳累，也蛮好。

太拼太累的生活方式，是不能持久的啊。

那么如此来说，要保留不同的地方文化，倒是可以理解了：没有哪一种文化是万能的啊……说不定在人生的哪个阶段，就需要什么别样的地方文化呢……

比如我现在就觉得四川的茶馆文化很好。几个老友坐在一起喝茶、聊天，轻松一点，这才是生活。

想起了念博士的时候，我的同学李竑常常笑嘻嘻地说，以后毕业了要去成都工作，天天叉麻将、吃火锅、泡茶馆，多爽。他说这是他的人生理想……一个中科院博士的理想……

我那时候常常抱着《红楼梦》读，很是向往书里面的文艺生活。那时候的中国，节奏可没有现在这么快，我还是有心情读古典文学的。

不想博士毕业以后，我们谁都没过上悠闲的日子。李竑去了德国，夫妻俩一起在那里做研究。我去了日本，见识了日本人的敬业文化，还有拼命精神，累得抑郁，总是睡不着觉。回来后我在大学工作，开始拓荒，一手一脚地独立科研。在焦灼忙碌之中，我度过了自己的青年时光。

又过了多年，有了微信之后，我和李竑才又联系上。这时候他已经在美国转行搞了生物，还合伙办了科技公司，后来公司还被风投收购了，真是厉害。他夫人在美国的州立大学工作，已经拿到 tenure。而我在深圳，已经拼成了高龄剩女。我们谁都不轻松。

⊙悠然

我已经许多年都不看《红楼梦》了。里面的节奏和生活格调，和深圳的生活相比，差别实在太大。闷头科研的这些年里，我甚至一度连诗意是什么都想不起来。

李竑已经喜欢上了美国的牛排，还特别喜欢球星科比，他觉得科比和他很像，都那么坚忍不拔。

有天我忽然想到读书的时候，曾经和李竑说起过四川茶馆的悠闲生活，就发了条朋友圈说："李竑，何俱（另外一个博士同学），等以后退休了，我们就一起去四川泡茶馆、打麻将吧？"李竑回复说："真的可能有这一天。"他给我点了个赞。何俱没有答复，她已经定居美国多年，前不久还把父母从成都接去了美国，估计是不会再回来了。

官员和牛仔

那是 2007 年的暑假，我一个人去云南旅游。

同团的人来自全国各地，有学生，有生意人，有老师，也有官员。

云南的旅游很是奇怪，不像服务业，像是……教育业。我们的导游是白族的，好野蛮的样子，讲话像老师训斥小学生……他严厉地跟我们讲了许多人生哲理，游客不专心听讲的话，会被骂的。我真是受不了。

邻座坐了个中年大叔，一直在望着导游，啄米鸡一般不停点头，像是在听上级指示。后来我听到他和周围的人聊天，知道他来自河北，是个官员，是处长还是科长，我忘记了。

大叔拿着一幅什么画，在细细品味。然后和周围的人讲国画的好："我常常一个人对着山水画，细细地看，一看就是半天，真是享受。"他的语气霸气得很。

我当时正年轻，崇尚牛仔的闯劲，很是不喜欢国画的柔弱，我忍不住说："我一点都不喜欢国画，太柔弱了。"

大叔听了，很拽地说："那你是不懂。"他的语气很是不容置疑。

一会儿又听见大叔和人聊天，说起有些年轻人去沿海大城市闯荡，工资不高，压力又大，根本不如他在内地。大叔骄傲地说：“像我这样的，在内地，有福利房，还有灰色收入，一年也十几万。他们去广州深圳大城市的，哪儿有这些。”他不屑地说：“他们在大城市，根本不如我们在内地。”

我实在听不下去了，就生气说：“这些年轻人拼命工作才推动了中国的经济发展，你怎么可以这么说人家？灰色收入是不义之财，有什么好讲的？”我想我肯定是韩剧看多了，成了单细胞生物，就这么不管不顾地脱口而出。

大叔大约很懂老庄之道，立马开始谦逊地示弱：“是是是，你是对的，你都对。”

然后我们就不再有交流了。后来的旅途中，我们也无话可说。我这个70后和这位60后的大叔，应该颇多代沟。他喜欢黑黑白白的山水画，仿佛遇到知音。而我喜欢梵高的油画，满是灼热的生命力，这样的精气神儿，是中国文化里欠缺的，我觉得我们应该补上。

好几年过去了，我这个牛仔在深圳已经闯荡了将近十年，也慢慢地步入中年了。这时候我开始看得懂国画了：国画里黑色的墨块

⊙水墨

分明就是苦闷的情绪，或浓或淡；而留白，是清明宁静，是心境的明朗。山水画里的黑白交替，分明就是白天与黑夜的你追我赶，这多么像人生的起伏，岁月的跌宕。看着黑黑白白的国画，确会让心情平静下来，像是在听一首沉稳的古琴曲，听着听着血压就能降下来。

而我也开始懂得，没必要一辈子都像牛仔那样拼，中年的时候慢下来，回到中国文化，这样也很好。

有天我忽然想起了旅行的时候，遇到的那个官员，想起了我和他之间的代沟。现在的我可以理解国画了，而现在的他，能理解我们年轻人的想法吗？他能懂得我们不喜欢繁芜的内耗，不接受灰色收入和腐败，能懂我们在大城市自食其力，辛苦却也踏实吗？

乌坎·遮浪

那是2012年的夏天，漫游带着我们去了乌坎玩。乌坎村里很安静，少有年轻人，多是老人小孩。当地人的眼睛很沉静，像深潭一样，也很友善，甚至让人觉得慈祥。

我们去和村里人聊天，他们极友好，那种温暖亲切的眼神，大城市里颇为少见。大约是因为经过先前的波澜（乌坎村曾经存在长时间的警民对峙，持续很久），风浪过后，才会如此沉静。他们的村长，一个很年轻的小伙子，跟我们说："那样的事情，再也不要经历一次了。"我看着他们的神情，忽然觉得很有古意，或者说，佛意。

我们很快就离开了乌坎，去百安看海，然后走到了一个叫遮浪的地方。遮浪的海很干净，有着纯净的蓝。海边很多农家盖的小别墅，专门给游客住的。我们去了其中一家。这家里只有老两口在家，客厅的墙上贴着很多照片，老人家指着给我们看，原来20世纪90年代夫妻俩就走遍了大江南北，看得我们羡慕不已。

随后我们就知道了，这个地方大多是走私起家，早早积累了财富。难怪我们经过附近的镇子，看着破败得很，想必是因为那里不近大海，不像这里，有走私生意可做。

⊙怒放

我们一行人高兴地下海游泳，看夕阳。晚上带着一身沙子回来。第二天早上被鞭炮声惊醒，原来是渔民出海打鱼，要放鞭炮驱邪。等我们起床洗漱完毕，已经看得到许多村民拖着渔网回来了，网里面大大小小的鱼，有的还在乱跳。一旁的院子里，有个老人坐在那里收拾小鱼，手法极其娴熟利落。我站在那里，看着他给一条一条的小鱼去鳞、剖肠、剁去鱼头鱼尾，节奏沉稳优雅，仿佛是在看庖丁解牛。老人不大说话，偶然跟我们对视，眼神犀利得很。想来他毕竟是老江湖，海上闯荡多年了的，自然警觉锐利，如同猎豹。

秋天的时候，我们又去了遮浪看海。这次住的另外一家民宿。这家是中年夫妇，也是四层楼房。房子收拾得很干净，女主人蛮淳朴，临走的时候还送一挂香蕉给我们。男主人三四十岁，眼神很是暗淡，仿佛压力很大。他看着我们，有点慌乱羞怯。盖这样的楼房需要好几十万，想来颇为不易，要在外面打工多年，才攒得起钱。这样的窘迫和羞怯，我可一点都不陌生，这些年我也曾卑微地低头走路，也曾经满含泪光。

印象台湾

暑假里食堂有冒菜，我真是高兴。这样我就不用开火了。

冒菜其实就是水煮的许多蔬菜，以及肉丸虾丸，煮好了捞出来，放在大海碗里，拌上辣椒酱油，算是粤地简易版的小火锅。这里天气炎热，这样的清淡吃法，蛮好。

我开开心心地吃着一大碗的冒菜，想起小的时候，哪家有红白喜事，村里面就会摆酒席，然后我就可以吃上“冒菜”——我妈常常去给人家帮忙，她在厨房里忙里忙外，我去找她，她会给我盛上一碗杂菜，里面荤的素的都有，香得很。这种酒席上吃杂菜的口味，是孩子特别有的吧？小孩子嘴馋，眼睛大肚子小，想吃的样数多，又吃不了太多，就这么吃一大碗杂菜，也过瘾得很。

台湾作家萧丽红的小说《千江有水千江月》里面，女主人公贞观就很喜欢吃宴席上的杂菜，她和堂兄弟姐妹们都很爱吃。记得她是在酒席上遇到男主人公大信的……很古典美好的一段感情。这书是我很多年前看的，情节都有些模糊了，可是里面风俗人情，我一直都念念不忘，那是我小时候很熟悉的，长大了渐渐见不着的温暖啊，想来真是怅然。

台湾把儒家文化保留得真是好。记得2010年的时候和同事一起去台湾旅游，印象很是深刻。台湾的男子说话真是儒雅敦厚，很谦谦君子的感觉。女士则很淳朴可亲，我们去餐馆吃饭，服务员阿姨跟我们讲话，像是小时候邻居家的婶娘，很温暖很亲切。他们好像不知道什么是商业社会啊。

我们在台北街边的店铺里喝咖啡，一杯十几块人民币。就连平时最挑剔的同事也感叹说：这里的人很厚道。在日月潭边，我们逛一家小店，老板娘说里面的衣服好多是他儿子设计的，很是艺术。我买了一件中国风的披肩，也只一百多人民币。我有个东北同事也在挑衣服，她气势高昂地跟老板娘杀价，差不多是落地还钱。老板娘直皱眉头。我同事的架势很像是座山雕，我看得很不好意思。我们大陆这些年把文化丢掉了，真的是冷漠得很。

有机会的话，我真是想再去一次台湾。记得台湾的景观设计非常艺术的：台北街道两旁，树木修剪得像是画出来的，很是古典内敛，又颇大气。可不像我们深圳，绿树很多，长得乱蓬蓬的，一点都不美。台湾的广告牌，还有指路的牌子上，字体往往都是标楷体，像是个厚道沉稳的大叔写的，也都好看得很。

外国人

有一次去大梅沙玩，瞧见海边的岩石上、怒涛旁边站着两个钓鱼的男子，一个是瘦小的中国人，样子很淡定，站在那里纹丝不动；一个是高大的老外，拿鱼竿的架势像是个新手，一边钓鱼一边活泼地四处观望。他们脚下就是来来回回的海浪，他俩就站在那里，等着海鱼上钩。

也不知道他们到底钓到鱼没有。我自己是觉得好像是看到庄子和牛仔站在了一起，感觉好奇妙。

老外和中国人的神情气质明显不同。这也难怪，中文这么难学，他们要想真正融入中国文化，应该挺难。

深圳并没有许多英文标示，可是这几年见到的老外却是越来越多。我们学院就有好几个外籍博士后，有印度的，巴基斯坦的，还有德国的。隔壁还来了个黎巴嫩的访问学者。他们和别人交流，应该只能说英语。可是我们这里颇为清冷，说中文的同事之间尚且常常无话可说，这些外籍科研工作者，不知道怎么和人交流，怎么开展工作？我记得我们这里的仪器没有英文操作指南的。我国的基金申请书十分八股，他们如何适应？他们知道菜市场在哪里吗？知道蔬菜水果还有鱼虾和螃蟹的中文名字吗？知道坐什么公交车，怎么转地铁吗？晚上的时候，他们是不是要和家人视频聊天？

在语言不通的国度里生活工作，那种感觉好像是耳鸣，或者耳聋，颇觉无助。我体会过的。

可能因为我是半个生活白痴，所以总是觉得要在异国他乡生活，很不容易。也有老外厉害得很，入乡随俗很快的。有次瞧见一个老外在办公楼下轻松扫码，骑着小黄车就走了。当时我刚刚会用小黄车，还很生疏。后来不时看到他骑小黄车，比我熟悉多了。我猜他常常用微信，可能也经常用支付宝。说不定他还常常淘宝。

少女心

我买了一件淡紫色的衬衫，很好看的颜色，有点像浅浅的粉色。写着是给20—24周岁的女生穿的……我可不管，反正我喜欢，就买了。

我就是喜欢这么青春的颜色啊。

我记得歌唱家李谷一曾经说过，心态要年轻。她曾经问一个长者："你今年多大年纪了？"对方答："64了。"李谷一就爽快地说："把6去掉，你今年只有4岁。四岁了，该学些新东西了，就学电脑吧。我今年也开始学电脑了。"

那是很多年前看过的电视节目，差不多有二十年了吧，我到现在都记着。我很欣赏李谷一的阳光心态。

我喜欢这样年轻的心。

"真是一颗少女心"，我想起了前年相亲的时候，那个科长曾经这么慢条斯理地说我。

少女心有何不好？一直都有活力，好奇，一直在学习，在进步，时刻都可以令生活新鲜有趣……这多好。

我和科长的分歧可真不小。遇到难题的时候，我想着去冲、去闯、去试、去冒险，去经受失败，迎接挑战，去变不可能为可能。科长

⊙精气神

则坚持要按照已有规律去试，实在不行就算了，不要去冒险，不要刻意地改变。

我听了真的满头问号。我生气地跟他辩论："照你这样，是不会有任何科技发明的，人类现在都还在刀耕火种呢！不会有今天的电灯、电话、电脑、轮船、飞机的，社会就不进步了！"我觉得这是不言自明的事情，可是和科长讲解，真是费劲。

科长从小就喜欢庄子，道家的思想着实影响了他，他追求清静无为。现在他是公务员，也不需要创新。可是如果大家都这样，社会可怎么进步？别的民族已经发明了洋枪大炮了，我们还在用大刀长矛……我们曾经因为这样才落伍，才被欺负了一百多年……科长好像不记得了。

我和科长明显三观不合，于是就跟他分道扬镳了。

民族风、嘻哈、大牌

我很是偏爱民族风的衣服，特别是带了毛边的，或者打了鲜艳补丁的民族风的衣服。我觉得这样的衣服很亲切，很卡哇伊，很有创意，适合我这样的猛女……哦不，女牛仔。

民族风的衣服线条往往都不硬朗，颜色也都比较低调，给人的感觉含蓄、柔软，不硬朗、不强势。看着真是舒服，所以我喜欢啊。

我也喜欢街头服装，嘻哈服装。因为这些衣服往往码数比较大，穿着很随意，让人觉得自在。虽然有的街头服装，暴露了点……

我常常淘宝，真的淘到了不少好看的衣服，绝非大牌，风格别致，颇有个性，我如获至宝。有同事骄矜地劝我穿大牌衣服，我很是不以为然。我在心里面说：不需要穿大牌的衣服，姐就是大牌。啊，这个就叫做腹诽吧。

我有一些年长的同事喜欢穿大牌衣服。一件大概都要上千，看着很有气场，很能镇得住场子，以及……周围的同事。 我们这里年轻一点的同事，倒是不讲究的。

⊙大气

中年以后，我长胖了不少，衣服颇不好买。这时候发现贵的衣服穿起来确实好看，真的像香港作家梁凤仪说的那样，名牌衣服能够遮掩缺陷。难怪天虹里面的衣服都偏成熟，原来是认准了中老年女士的穿衣习惯，以及……购买力啊。

大牌的衣服到底好在哪里呢？这个问题我真的思考过。应该是大牌的衣服比较有型吧：一针一线都很到位，好像每个细节都完美，观感很好。针线整饬的话，是不是缝线两侧的布料就受力均匀，衣服就应该不容易变形？不好意思，我是理科生，习惯了这样的理性分析。我这样的分析也有道理的吧？

可是要那么完美干嘛。创造力刚刚冒出来的时候，往往都是不完美的，甚至包含了不少错误的。我很是欣赏有创造性的工作，也能包容其中不完美的细节。我想我有一个年轻的头脑。大牌的衣服太规矩了，不适合我。

缝纫

我一直想着什么时候买一台缝纫机，给自己做衣服，这样的话，就算长胖也没关系，我可以自己动手，缝出好看的衣服来。

我是跟法国人学的。我买了设计的书，里面有法国人如何 DIY 家居设计，以及各种漂亮的衣服。我看着羡慕得很。这样的日子多有意思。

我是个河南娃，吃着馒头和面条长大的，从小就胖乎乎的，骨架还大。读书的时候，就发现衣服不好买，商店里大码又好看的衣服很少。那时候还没有淘宝，我的心情真是苦闷。

好在后来在深圳工作，发现这里有很多外贸服装，衣服尺码往往偏大，很适合我。这时候我晓得原来只要设计得当，人长得大只一点也没关系，也可以穿得很好看。

我常常去逛外贸店，不时被外贸服装奇妙的设计吸引：原来横条纹错开来呈不规则排布，这样的布料做成衣服，就不显胖。这真是突破了以往大家的常识，实在是一个创新，设计师们真的在变不可能为可能呢。这些国外的设计师，真厉害。

隔三差五的，我就跑去逛外贸的店铺，去见识那些惊人的创造力。巨蟹座的我很没有安全感、非常容易焦虑，经常担心自己在研究上做不出东西来。我怕自己的思维已经变得呆板，觉得去外贸店应该会让脑洞开大一点。你看看那些外贸的服装，不过是几根线条，一些波点，或者几个抓皱，稍微改变一下组合方式或者在衣服上的位置，就可以产生意想不到的美，真令人叹服。

我多想这么天马行空、惊天动地去科研创新！我的研究领域是分子自组装，就是想办法让分子们排列组合起来。我努力地把金属原子、还有高分子的单链都放到了二维的氧化铝分子层中间去，想起来真是自豪。看着那些鬼马的服装设计，我时不时地鼓励自己：大自然神奇得很，有很多规律我们根本都不知道呢，分子之间会有很多新的自组装规律的，我会有新发现的。

再后来开始摄影。这时候发现树叶和天空合在一起，就是一幅小清新的国画，画面里天空的颜色或灰或蓝，树叶的样子纤小或者阔大，不同的颜色和线条，往往对应着不同的情绪。真是神奇得很！艺术的妙处大约就在这些微妙的表达吧，机器可是做不到的。有时候我又担心拍不出新的意境，就又跟自己说：你看那些服装设计，那么简单的元素，就有无穷的变化方式，别担心，会有新的创意的。

逛街还是颇有益处、很能启发人的呢。

后来我不再科研，转而写作，压力小了不少。想要给自己缝衣服的想法，又开始毛茸茸、萌萌哒地活跃起来。我前几天真的买了一台电动缝纫机，打算等有空了就开始缝纫。从小就看着我妈踩着脚踏缝纫机，给我们做衣服、改衣服，缝纫机我可不陌生。

我自己也还是有缝纫功底的，小学的时候常常缝沙包。记得那时候我上三年级，我爹教五年级语文，他在课堂上跟学生说：“看看我闺女，就知道玩，一个暑假缝了一书包的沙包，磨了一书包的石子儿。”他可真是夸张，我哪儿有这么巧手，能缝出这么多的沙包。

服饰里的艺术

我买了一件长衫，黑底白花，印着许多大大的木棉花朵，意境很是冷峻。店主说是出口日本的罩衫，看起来确实有日本味道，那种冷峻的感觉，让我想起了浮世绘。那种暗黑之中银色的亮光，大片的留白，很像是绝望之后的希望，浮世绘里许多这样的色调。日本是压力很大的地方，也难怪他们喜欢这样的用色。

日式的插花里也多有这样的意境。我特别喜欢看他们用透明的玻璃瓶子，插了明艳的茶花，摆放在棕色的席子上，有微微的白光照进屋子，那样的感觉，仿佛是顿悟，仿佛很清明。

其实这样的意境，国画里也有，但是少了光的味道。如果在国画的基础上加上光以及影，那就可以用摄影来表达意境。茶席最适合这样的意境表达了：褐色的茶汁，茶汁上白色的反光，灰色的炉子，红色的炭火，电光火花一样明朗的日光，怎么拍都好看。

服装里多有艺术，是我逛街多年，一个美妙的体会。日式艺术往往清冷，或者是萌暖卡哇伊。欧洲的艺术，往往要激扬得多。以前我在外贸店淘到一件短袖，米色的底子，上面满满的都是粉红和明黄色的色块，诗意得好像许多的花朵，也像是画画时候用的画板，一笔一笔的都是颜料，看起来明艳烂漫，让人心情大悦。这件衣服我穿了很多年，一直到步入中年，开始长胖，不适合我了，我才不穿。

我在外贸店里也买过一条丝巾，上面印着的就是梵高的鸢尾。一百块一条，我不假思索就买了下来。其实后来我只围过一次。可我喜欢梵高啊，我觉得艺术很珍贵啊，就充满敬意地买了下来。这样的痴迷，大约很多人都不能懂。

艺术令生活美好，我仰慕有创造力的艺术家，知道原创的不易，也很倾心原创的设计。我偏爱淘宝上独立设计的女装，觉得他们别出心裁，创意很好。其实有的原创设计多少有点小小缺陷，毕竟不是大牌，没有经过千锤百炼，可是我也乐得包容。原创不容易呐。有时候我会想到自己出版的书，内容也很好啊，可是缺乏宣传，销量就颇不佳。这些好的设计师，大约也是如此大隐隐于市吧，我支持他们。

⊙花朵的意境

苏绣

有天我忽然想起来，按照地理位置，我们这里应该也是江南啊。

可是怎么都觉得不像江南，没有烟雨、杏花、吴侬软语，没有柔美的感觉。

我们这里的花朵，比方说荷花，大红花、异木棉、洋紫荆，常常是没头没脑一直开着，性格和市民一样，颇为奔放，很是牛仔。

深圳是个移民城市，市民多讲普通话，讲话的语气都蛮硬朗的。很温柔的人，好像真的没有。

哦，对了，有段时间我生病了，常常头晕，没有力气，说话就变得温柔了，还挺可爱的。不过也就那么一段时间，我是这样的。

同事里有来自江浙的女同事，蛮刚毅的，看不出来江南烟雨对她们有什么影响。记得有次和山友聊天，她是南方人，说现在的江南，女人也没有那么温柔了，毕竟现代社会压力很大。

不想有天我忽然听到了软糯的吴侬软语——

我在淘宝上买了件民族风的衣服，是苏州的店铺出售的。客服打电话过来，说没货了。啊呀，她的声音真是像黄梅戏里那么婉转，那么好听，我听得都要陶醉了。我忽然觉得自己硬朗得很。

江南真是颇多灵秀。先前我怎么就没去苏州旅游呢！如果去苏州玩，就可以听到这样的莺莺燕燕了，还有评弹，一定很柔美。还可以去苏州看园林，还有苏绣！

苏绣可真是名不虚传。记得有次看到一个苏绣大家的作品，她绣出来的是画，有着奇妙的意境：银色的绣线有着清幽的闪光，闪在花朵上、在植物上，光芒有着很高古的情绪，很空明、很悠远。这诗意的杰作，有着冷峻轻灵的意境，我赞叹不已。

这样的艺术没有失传，现在都还有传人，我知道的。有次看过报道，是一个85后的小男孩，继承了家里的苏绣手艺，他学绣花，绣得很好。而且他不再只绣我们看惯了的花鸟鱼虫，他用苏绣来绣现代艺术，很洋气的。这样的创新让人欢喜不已。这真是中西文化的一场碰撞，一次混搭，很好。

这样的绣花制品做成衣服，肯定很好看，很艺术的，可是……这样的衣服也应该很贵的。

有天我意外地在淘宝上买到了一件上衣，黑底上绣着许多白花，只卖一百块，也是苏州的店铺在卖。这件衣服上的花朵应该是机器绣的，可是也很好看：白色的花朵上有着隐隐的反光，印在黑色的背景上，很像是黑暗里发出了许多微光。这样的微光多么像是岁月里渐渐出现的明朗。我喜欢得紧。

这衣服说是出口韩国的。那么十有八九是韩国那边设计好了，我们中国人来代工的。说到底，这个创意是外国人的，中国人只贡献了手艺。想着想着我又难过起来了。

发烧记

我端着单反相机，在初冬的校园里转来转去。荷塘里已经很少有荷花了，叶子残破不堪，水面呈墨绿色，拍出来真不好看。

一会儿我蹲了下去，忽然发现了一个奇妙的画面：荷塘的水面在镜头里一分为二，一半墨绿，一半银灰。粉色的荷花花苞落在分界的地方，画面清冷寂寥又美好。我激动得像是有了一个惊世的大发现，心里的狂喜之情，像是当年考上了清华大学。

从此我进入了发烧状态。时不时地，我被镜头里意想不到的美震撼到，然后像个祥林嫂一样，逢人就说："快看看我拍的照片，可好看了！"我一时忘记了心头的烦恼。

可同事说我拍的照片太暗淡，不美。我不情愿地想了想，好像真是这样。这也不能怪我，当时的环境太过压抑，我的心境明朗不了。

我还是想着怎么可以拍得更美。刚好在学国画，我试着从国画里来找启发：

国画里黑色的墨块很少是大片大片漆黑的一团，想必那样观感一定很沉闷。那么摄影的时候，可以效仿国画，把大块的黑色分解成细小的碎墨，有许多的留白。那么雪地会是一个很好的主题？

或者用半透明的墨色，这样也会让人看得轻松一点。

或者用一个个的黑点来渲染氛围，这样应该淡雅很多，不至于让人觉得难受。

国画里有很多奇特的颜色搭配：姜黄搭浅褐色，黑色墨绿搭粉色，这样的配色，耐看得很，也可以用在摄影上啊。

我随身携带了小傻瓜机，不时拿出来拍摄，感觉好像是在用相机画画。时不时地我思索着：摄影能给国画带来什么改变？中西混搭的文化会给摄影，以及国画带来什么改变？阳太阳画了桂林的山水，有奇佳美感，我可以拍深圳的大海啊，礁石与大海之间有许多的明暗交替，这是国画的神韵所在呐。

我兴冲冲地忙着摄影，从此对生活充满了期待：不知道下次拍摄会带来什么惊喜……其实只要在摄影，差不多天天都会有惊喜。

我觉得摄影大约也可以养颜——有段时间生病，什么都干不了，只好天天看看国画，许多大家的国画里都有着绝妙的美，让我啧啧惊叹。后来照镜子的时候，发现整个人都变得美美的。国画可以养颜，我猜想摄影也可以。

⊙西丽的风景

武侠

武侠的世界真是充满了想象啊：可以施展轻功飞檐走壁，可以在竹林里、在水面上优美地飞翔，轻盈得像一只鸟；还可以像顾小五，借着轻功飞到夜空捉萤火虫……这是多么地美妙！

可是 21 世纪还有武侠吗？假如有，侠客们又会在哪里呢？

我认真想了想，觉得黑客阿桑奇就是个侠客。谁都阻止不了阿桑奇去了解各种黑暗的政治秘密，也阻止不了他把这些秘密放到互联网上……这多像一个侠客！

马克思也是个大侠。他隐居伦敦，在大英图书馆里埋头研究，痛斥资本的嗜血和贪婪，同情弱势的工人阶级。多年以后，他以笔为剑，终于修炼出了绝顶武功《资本论》……

还有梁漱溟，我觉得他应该也是个侠士。梁漱溟把自己多年修习的内诀写进书里，告诉大家，不同的文化其实就是不同的人生态度：有人积极进取，有人凑合着对付，有人干脆逃避问题压根儿不去想。他还说文化变迁的趋势就是先要西风东渐，然后又慢慢走向东方……我觉得他很像风清扬啊，在无声地指点着许多个迷茫的令狐冲。

总说大实话的崔永元当然也是侠客。还有六神磊磊，他一直在文章里嬉笑怒骂，抑恶扬善，抨击强权，替弱者发声，犀利睿智得很。他若不是大侠，又有谁会是大侠。

哦，对了，我也不时被同事叫作大侠，大约是我时不时仗义执言的缘故吧。可是说来惭愧，有那么多的时候，我都默不作声，好像一只哑巴知了，无言得很。

粤音

有天忽然想起来，我们这里好像没有蔷薇。蔷薇是多么婉约清丽的花啊……好像宋词那么婉约那么古典的呢。

我们是在南方，这里的花朵开得热烈，满是热带风情，大朵大朵地缀满枝头，不管是火焰木、朱槿花，还是凤凰木、巴西野牡丹，都明朗大气得很。睡莲一年四季都在盛放，就算是最冷的冬天，也不曾睡去。粤地草木葳蕤，真是有着旺盛的生命力。

我们这里花朵硬朗，当地的广东人说话也大都很硬朗，听起来铿锵有力，好像使了很大的劲。我听着就觉得着急：就不能轻柔一点讲话吗？非要用这么大力气。

我一直都不会说粤语，也听不懂广东话。同事多是外省人，我们互相讲话用普通话，会说粤语的同事屈指可数，我对粤语也就一直这么一无所知。

直到几年前，我看了江弱水老师写的《诗的八堂课》，才知道原来粤语非常接近古代汉语：有些古诗如果用普通话去读，就没有韵脚，要用粤语去读，才会读出韵律来。作者说粤音近古。我读到此处，真的是非常惊奇，像是看到了一块活化石。

后来和一个北京大学毕业的才子同事聊诗词，他也说粤音近古，还说他现在写古体诗的时候，有时要从粤语里找韵脚。我听了真是觉得大长见识……原来听起来这么累人的粤语，是这么地大有来头。

有天我忽然想到：什么时候人们说话会这么用力呢？应该是在生存压力很大的时候吧……那是不是因为古人的生活比较艰辛，所以讲话才这么使劲？应该是这样的吧。

那么如此来说，现代人如今可以平和轻柔地讲话，大约是因为生存条件要比古人的生存条件好得多，不用像古人那样拼尽全力以求生存吧。这么一想，我觉得我们比起古人，真是要幸福许多。

城市的基因

学生食堂的二楼有火锅。我和几个学生占了一个小包厢，然后高兴地边吃火锅边聊天。

他们都是我课上的学生，大多是广东孩子。

我忧心忡忡地说起将来私立大学要碾压公立的大学。一个英丽的潮汕女孩——李佳龙说她中学就是读的私立学校，因为成绩好，所以学费生活费全免。她说中学六年基本上就没有花家里的钱。我颇为震动。佳龙又说起高考结束的时候，她就来深圳打工，在白石洲做服务员，卖冷饮，暑假的两个月里看尽了人情冷暖。我顿时肃然起敬，这女孩真是懂事。

佳龙对化学不是很有兴趣，也不打算继续深钻。她做 PPT 的时候倒是展现了很好的战略眼光，仿佛是一个总监在做前瞻布局。我鼓励她成为白骨精。她说好。

我们又继续聊天。佳龙说她是家里老小，上面有几个姐姐。她说大姐很照顾她，大姐小的时候还给她洗尿布。“她去溪边洗尿布，村里人就要她到下游去洗……”听着真是暖人。

另外一个文静的女孩佩坚是深圳本地的。她说以前家里人也很苦。她爷爷当年是偷渡去的香港，在那边工作。刚开始爷爷没有香港户籍，周末的时候要游泳回来，从梅林关口游回深圳……我听得呆住了。原来上一代人也这么地不容易。

我想起了后海校区的杜鹃山，那里从前靠海，几十年前很多人在这里下海，要偷渡去香港，有的人就被捕。那个时候的日子……应该苦得很，不然不会冒着这么大危险，要一路游泳去香港。

应该有不少广东人都去香港那边赚钱。记得以前爬山的时候，认识了馨文，她说她爸爸就是很早年去了香港的建筑工地工作，后来爸爸还在香港买了房子，可是却累得早早去世了。现在妈妈每个月去香港收租金，再把租金贴补给她和弟弟做生活费……可怜天下父母心。

在深圳这边打拼的人，也很不轻松……以前我和一个叫马超的学生聊天，他说他爸爸是20世纪80年代来深圳打工的，先是跟着个台湾老板，受尽欺负，好多年以后爸爸才自己开了印刷厂。马超说他小的时候家境不好，自己还捡过破烂。他家的富有，也是吃了很多苦以后才挣来的。真是唏嘘。

“大概深圳这个城市的基因，就是把人的潜力挖尽。”我感慨地对学生说。她们点头表示赞同。这个城市能够在几十年的时间里，从一个小渔村变成大都市，凭的应该就是这种吃苦奋斗的精神吧！如此来说，我在这里工作这十几年，吃许多苦，受许多累，好像也没什么好讲的，一点都不新鲜。

[肆]忆旧

我和她嬉戏打闹着，

新年就这么姗姗地走过来了。

蒜和葱

小时候常常吃腌蒜头。我们那里习惯把大蒜头腌起来，放在一个大坛子里，里面有水、盐、醋、酱油，好像还有一点糖。大约要腌一两个月，味道才能出来。这时候把腌蒜头捞出来，可以生吃。刚腌好的腌蒜头脆生生的，酸甜咸辣都有，滋味丰富得很。我小时候常常把它当零食吃。

小时候的时间多的是。也没什么作业，吃完午饭还要过上很久才会上课。我们几个小伙伴常常在兜里揣几个腌蒜头，然后在路上晃啊晃地，慢慢晃到学校去。

有时候我们不走陆路，走水路玩。我们学校建在一个土坡上，土坡的脚下有一条大渠。有时候渠里水很少，我们就穿着凉鞋在渠水里面散步，差不多能绕着山坡走一公里。一边走一边说些废话，再吃几个腌蒜头，开心得很。

午饭后的时间可真长，我们可以在水里面来来回回走好几趟。然后预备铃会响起来，再急急忙忙往学校跑过去。学校在山上，大渠在山脚下，可是我们还是赶得及。那时候的时间真是时间，经用得很。

我记得有的时候预备铃听起来很惆怅，那应该是我爹打的铃。他是我们学校老师，教小学五年级的语文。他一辈子都多愁善感，忧郁得很。我爹走路的姿态都很是惆怅，他总是发愁，总是忧虑。唉！

我们河南吃腌蒜头，我师妹是山东的，他们那里吃大葱，有点像东北人。读书的时候我还不知道，一直到我和师妹都博士毕业，工作多年了，我才知道的：那是前年，师妹在德国做访问学者，有天她在朋友圈发了张图片，是一盆胖乎乎的饺子，上面搁着一根大葱。她还配了行文字："周末在家不用见人，吃棵大葱解解馋。"看得我莞尔。

师妹出国的时候，把三岁的儿子留在济南家里，由老公带娃。娃和她视频的时候，哭得嗷嗷的，一直说："妈妈我想你啊，我吃饭想你，睡觉想你，走路想你，你不能早点回来吗……"师妹说："领导不让啊，工作没有完成啊……"娃说："你没有跟领导说家里有个小宝贝吗……"啊呀，这古灵精怪的水瓶座小娃，可爱得很。

哦，对了，师妹以前说过，带娃去逛菜市场，卖菜的大叔大婶都很喜欢这个小娃，卖给他的吃食都要自动降价：什么豆腐、海带、包子，统统降价。真让人羡慕。

辣椒

如果不是因为咽喉炎，还有高血压，我想我会顿顿吃朝天椒，天天都喝咖啡，常饮啤酒，吃许多的四川泡菜、鸡爪，还有豆腐干。大块吃肉，大碗喝酒，饮马江湖……那得多惬意。

可惜这些都成了过去式。

我先前一直都很喜欢辣椒，还有咖啡，它们很能让人 high 起来。我喜欢这样的昂扬向上，就像美国的电影《歌舞青春》那么明朗，那么 happy。作为一个多愁善感的巨蟹座，我真是希望自己可以天天都开开心心，像个小太阳……或者，像个向日葵，也行啊。

嗯，吃了辣椒，我就比较容易变成向日葵，会开心起来的。

我很能吃辣。这个习惯应该是很小的时候，受我妈的影响。我妈很能干，男子汉一样风风火火，里里外外地操心忙碌。平时她很节俭，可是过节的时候她肯定要包饺子。她喜欢看着我们吃得香喷喷的样子，那样的话她很有成就感的。我妈常说要体谅家里干活的人，在地里干活的人很累的，回来得吃好。有时候到了淡季，地里没有蔬菜了，眼看着吃饭的时候只有玉米粥和馒头，我妈就会把辣椒裹了玉米粉，蒸熟，或者炒熟了，给我们当菜吃。夏天的傍晚，天黑黢黢的，一家人坐在院子里吃着辣椒，听着小虫子们小声说唱，我妈骄傲地跟我爹话着家常。她讲话的语气往往都自信得很，因为她能干啊。她像吃辣椒一样，把生活的难题都给吃下去了。

我妈很拼，什么苦她都能吃。去地里干活，她什么天气都遇到过，闪电、暴雨、狂风、烈日，她都不怕，她都扛得住。

她也不怕贫穷。她总会想法子给家人改善伙食。听说我还没有出生的时候，她用酸菜做馅，包出了一顿饺子。现在想想，她包的酸菜饺子，就好比是我如今写的诗歌，还有童话，都让人觉得日子美得很。

亲戚们

我小学一年级的语文老师，后来不当老师了。可我见了面，还是叫她老师。当时我小，还不到十岁，也不知道还能怎么称呼人家。

十几年以后，我的发小成了这位老师的弟妹，我初中一年级的语文老师成了她的妹夫。其实我小学时候的这位老师，和她的弟弟妹妹、和我的发小一起，都是我父亲的学生。地方小，绕来绕去，大家很容易就熟了，有时候很容易就成亲戚了。

我家的亲戚住得都比较近，好像走不了多远就能碰上。舅舅家在曹营，姑奶家在南头，奶奶的娘家在杏山沟，这些和我们邵营队一起，都属于鱼贯口村。

这个亲戚密布的情况，在我读小学五年级的时候，达到了巅峰：我舅妈的女儿和我同一个班级，我同桌是我奶奶的小堂妹，我堂哥坐在邻座。上课的时候我父亲提问问题（他教我们语文），就说："谢爱聪，你来回答。"然后我同桌就会站起来回答问题。过年的时候，我同桌来我家走亲戚，我父亲就得管人家叫小姨，我管人家叫老姨。

小时候走亲戚可是一件大事。压岁钱是一个原因，还有一个原因是我们那里的风俗，一直是客人为大。什么珍稀的吃食，都得留给客人，自家娃得吃得差一点，这才是待客之道。

我记得小学四年级的时候，有天我表姐来我家做客。吃饭的时候我妈煮了鸡蛋，也调了凉拌的苋菜。开饭之前，在厨房里，我妈就义正词严地说，鸡蛋是给我表姐吃的，我只能吃凉菜。吃饭的时候我果然很乖，只吃凉菜。可是那天凉菜里面的盐粒没有拌匀，吃下去以后我觉得恶心，难受了很久。后来和表姐一起走路去学校，路上我一直想吐，不时蹲在地上。表姐问我怎么了，我又不能说实话，心里面觉得委屈。那种不被大人所喜、难过哀伤的心情，一直到今天我都记得。

我去舅妈家，舅妈也会款待我。记得有次去舅妈家，她给我炸了油条，香得很。一会儿表姐回来了，可是不知道为什么，她也不跟我玩，自己躺到床上睡觉。我去叫她，她也不醒。我记得她眼角有眼泪的。是不是因为大人暂时偏疼了我？许多年过去了，已经无据可考了。

我在外面已经工作多年，许多年不回老家走亲戚了。可是老家的待客之道好像没变多少。堂妹蒙蒙已经大学毕业，在南阳教高中，过年的时候她在家里，帮着婶婶在厨房里忙碌，蒸煮炸炒，忙个不停。可是忙到最后，啥也吃不着，因为鸡鸭鱼肉都端到客厅给客人吃了。堂妹甚是气恼。婶婶从此专门留一点好吃的给她。婶婶说着说着就哈哈大笑起来，我也跟着大笑。

小时候

记得父亲一边照看着铁桶里的菊花，一边冷冷地说我："看看你讲的是什么故事！"

下午的时候，学校召开了故事大会，我讲了《故事会》上看到的一篇文章，是大家小姐冲破封建迷信与情郎私定终身的故事。我那时候才七岁，上小学三年级。听了父亲的话，我立马觉得很羞惭，觉得脸很烫。

父亲继续优雅地侍弄花朵去了。他是我们学校的语文老师，平时很书生很斯文的，多才多艺，常常拉二胡，会飚高音，唱得像电视里的阎维文。他还写过样板戏剧本，自己还演过栓宝。他还别出心裁，把南方毛茸茸的竹子种在我家门前，颇为风雅。平时他会养花，在厨房门口种了一棵很大株的月季，春天的时候开出上百朵粉红的花。秋天会种菊花，还有大丽花，看着很是喜人。我常常觉得自己家和别人家不一样。我有个文艺的父亲啊。

父亲种的菊花大多开黄色花朵，少有开紫花的。许多株菊花，大棵大棵的，就那么种在废弃的铁桶里，还有好几个脸盆里。菊花好活得很，只要记得浇水，就会开得如火如荼，霜里雪里，一开就是一大朵，大气得很，花朵比孩子的脸都大，花瓣打了许多的卷，瀑布一样流泻下来，很是潇洒。清冷的空气里夹杂着菊花微苦的清香，闻起来很是醉人。

过年的时候，菊花都还会盛开。记得有年初一，我还没起床，就听见父亲高兴地说："外面下雪了！"一会儿又听见他说："我去看看菊花开了没有。"又过一会儿他高兴地回来了，喊着弟弟快起床，去看菊花。再过一会儿，有人掀开了我房间的门帘，是小堂妹蒙蒙来了。她还没上小学，穿着黄澄澄的新衣裳，鼓鼓囊囊，来找我玩。我和她嬉戏打闹着，新年就这么姗姗地走过来了。

曹老师

我们几个同事一起去吃中饭，路上说起了骑自行车的事情。

张老师说她读博士的时候，师弟给她了一辆没有闸的自行车，她每天骑着这辆没有闸的自行车，要经过一个下坡，这时候她简直是一直冲向前去，跑得飞快，那真是冒险。

高老师说她念中学的时候，有一次骑着车子带人，结果下坡的时候翻车了，她整个人从车把前面飞了出去，然后在床上躺了一个星期。

我小时候骑自行车，当然也摔过跤的。那时候我才十一岁，骑着“二八”自行车，在门前的土路上练车，从一个斜坡上冲下来，结果没掌好舵，一头冲进斜坡旁边的水泥沟渠里，摔得满脸的血，头还嗡嗡直响。

我哭天抢地地在水渠里喊了起来。附近的人过来，把我从水里拉了出来。我妈闻讯而来，骂我不听话，非要去练车，然后踹了我一脚。

第二天我满脸都是伤疤，紫颜色的，很吓人，她就骑车把我送到初中学校去了，她怕我拉下功课。我真是有一个虎妈啊。

到学校以后，我们班主任曹老师就叮嘱同学，每餐帮我买馒头。我就着从家里带来的腌萝卜丝，啃着馒头。不太敢出去见人，也怕风吹了，成破伤风。一个星期以后，我脸上的痂才脱落。

吃饭的时候有好几个女同学都和我一样，待在教室里，就着腌菜吃馒头。曹老师会来班里转悠，看着我们这么将就着吃饭，就批评我们不好好吃饭。食堂里会有面汤，有炒菜，可是我们都很节俭，不肯去买菜。我觉得曹老师的批评，真的好像是“何不食肉糜”啊……

曹老师自己也是农村出来的。学校给他分了一间小小的瓦房，就在我们教室旁边，他每餐都自己做饭的。我们数学老师和英语老师也在瓦房里煮饭，就挨着曹老师的厨房。我记得有次去过曹老师那里，看到里面有一张床，一张桌子，还有一个煤炉。这应该是20世纪80年代，我们那里乡村老师的标配。

曹老师常常拿着个大杯子喝水，这个杯子外面有个塑料编的套子。好多年过去了，我还记得。

我已经在外多年，曹老师还在家乡工作。他如今办了个微信公

⊙旧日时光

众号，发表一些他自己写的文章。有次看到他在公众号上宣传我老家滞销的樱桃，他写着：“我坐在高高的山坡上，为果农煎熬。”说起来真是惭愧，这么多年了，我从来都没有为家乡的水果尽过心，没有帮着找过销路。

蜜蜂

我看到《俄罗斯史》里面写道：英国派驻俄罗斯的大臣给女王写信，说俄罗斯的天气寒冷得可怕，说俄罗斯人像蜜蜂。我忍不住哈哈笑了起来。俄罗斯这个民族颇为彪悍，用蜜蜂来比喻，太形象了。

后来看叶芝家书，他形容某一个评论家也是蜜蜂，我不由得又笑了起来。大约这个评论家实在太尖刻了，那么诗意烂漫的叶芝，实在受不了他，就说人家是蜜蜂，有趣。

蜜蜂我可不陌生，从小在田间地头，或是走在路上，甚至是坐在家里面，都不时地听到它们嗡嗡的声音。农村孩子早就司空见惯了，也不害怕。记忆里面蜜蜂好像最喜欢落在油菜花上，还有整树洁白香甜的蔷薇花上，一群一群的蜜蜂，忙忙碌碌地飞来飞去，嗡嗡声大得像个乐队在奏乐。

我姨父家在邻村，他家里有很多蜜蜂。他养蜂，就在大门旁边的土墙上，有个大大的蜂巢，蜜蜂们傍晚的时候会飞回来，归巢。我去他家玩，也不怕。姨妈把我照顾得很好，我没有被蜜蜂蛰过。我也没什么事可做，就是跟着姨妈去挑水、洗衣服、摘菜。临走的时候再抱走一大包核桃。她家有一棵很大的核桃树，果实累累。

我们村子里是没有人养蜂的，我记得。平时遇到的蜜蜂往往都是野生的蜜蜂，人不惹它，它也不惹人的。有一年却有了个意外：伯父家里的麦秸垛上不知道什么时候有了个蜂窝，是葫芦包蜂窝，这蜂毒性大，蛰起人来疼得很，可偏偏这个麦秸垛紧挨着一条路，村里人不时得从这个蜂窝旁边路过，大家小心翼翼的，生怕被蜜蜂蛰了。一直倒也相安无事，直到有一天麻烦来了——

我们一群孩子在麦秸垛旁边疯疯癫癫地玩耍。也不记得是谁，开始拿东西朝着蜂窝扔过去，大家就都跟着扔，看能不能把蜂窝砸下来。我们站得远远的，把石头或者坷垃扔过去。蜂窝一旦被砸中，蜜蜂就会成群结队地飞出来，像一群战斗机。蜜蜂们火冒三丈地上下飞舞。我们这群小孩就没心没肺地哈哈大笑。

忽然有两个妇女走过来了，其中有一个是荣琴，我记得的。她们不知道蜜蜂已经被激怒了，依旧从蜂窝旁边小心地走过。可是这次，蜜蜂们包围了她们，疯了一样叮咬着。荣琴用衣服护住头，蜜蜂还是不肯放过她。被咬了好一会儿，她才艰难地挪走。

我们这些小孩在旁边看热闹，嘻嘻地笑。我清楚地记得，我自己也在笑。

听说荣琴后来回家去，用肥皂水洗头，洗了很久。她满头都是包，在床上躺了好些天。被蜜蜂蛰咬，应该很痛的。

那个麦秸垛上的蜂窝，后来在一个下雨天，被村里一群男子汉们，点火烧了。从此村子里就相安无事了。

许多年过去了，我也已经离开故乡，在城市里定居了。很少能看到蜜蜂。我整天都忙忙碌碌的，也没有养花，蜜蜂也没有理由拜访我。

不想有天却忽然和马蜂碰个正着——小客房的窗户一直都是关着的，这天我打开窗来，想透透气，忽然发现窗前飞舞着一群大个的蜂，蜂群头顶是小冬瓜那么大的一个蜂窝，我的天！

我忙去找保安，请他来帮忙处理。保安全副武装，打扮得像《大长今》里的大叔：戴着斗笠，披着披风，脖子上还围着毛巾，裹得严严实实。他戴着手套，蹑手蹑脚地走过去，用一个大塑料袋包住蜂窝和周围的蜜蜂，然后封住口，连蜂带窝揪下来，带走。我看得长出一口气，像是看着警察带走了一群匪徒。

我高兴地千谢万谢。和平生活太不容易了。我一个人住，可是不知道怎么应付这些马蜂。

后来我心里面又隐隐地觉得，我如今的孤独，是对小时候不懂事的报应：当初荣琴她们被蜜蜂蛰的时候，我还在笑。当年的我，多么残忍。

鸡崽的故事

我是农村娃，可是小的时候，却没有放过羊，也没有放过牛。关于动物们的记忆，也少得很，好像一会儿就能讲完。

先说羊——我现在立马想得出羊的样子，它咩咩的叫声，像婴儿哭着要妈妈的声音，颇多恳求，好像也有点畏缩。

小时候我得上学，没法放羊。我奶奶放过羊。她当时六十多岁了，跟着我两个叔叔一起生活，每天早上都去河边的树林里放羊。我奶奶这么跑来跑去，胃病可就好了。放羊很锻炼身体的。

我没放过牛。我家没牛。我跟着四叔去放过一次牛。当时村里很多牛一起走，四叔的牛却脱离了大部队，我着急地想让它改道，就急中生智，拽了牛的尾巴，想让它回头。牛立马转身，回头就把我顶飞了。我摔出去好远，倒在草地上，大哭起来。这下可算是领教了什么是牛脾气！

动物里面，我比较熟悉的是鸡崽。小时候一到春天，村里人就开始养鸡崽，有的鸡崽是我家母鸡孵出来的，有的是买的。我家很少养鸭和鹅。印象中就养过两三次。我记得鹅和鸭子小的时候真好看，嫩黄嫩黄的，像个绒绒球，等大了就显得笨拙，不好看了。

小时候一到傍晚，就听见村里的妇女们开始咕咕地唤着鸡崽，招呼它们归巢。大人们要在鸡笼里撒上粮食，引着母鸡带着小鸡进去吃食，然后再把它们关起来。鸡笼常常是砖头砌成的，还有个水泥的房顶，蛮结实的，怕黄鼠狼半夜里来偷吃啊。

我常常被我妈叫去帮忙，帮她撵鸡崽进笼。春天的时候，院子里会有很多只鸡崽，一只只不停叫着，声音很娇嫩，啾啾啾啾地喊个不停。我妈会清点小鸡的个数，确保没有丢失。有次我帮她撵鸡崽回家，不小心一脚踩到了一个鸡崽，它尖叫一声，倒在地上，我看见鸡崽的肠子都出来了，吓得魂飞魄散。旁边的小鸡也受到了惊吓，一窝蜂地跑了。我赶紧把这个死了的鸡崽拿起来，偷偷塞到了麦秸垛的一处缝隙里，然后飞快地逃跑了。

后来我也不敢告诉我妈，怕她骂我。

当时的我也就七八岁，第一次体会到了负罪感。第二天，我又去麦秸垛那里，想看看那个鸡崽怎么样了，却发现压根没有鸡崽的影子。莫非是夜里被黄鼠狼吃掉了吗？我心里面颇为不安，仿佛隐隐有个黑洞。

后来，我还是鼓足勇气跟我妈说，我踩死了一只小鸡。那好像是好久以后的事情了。我妈笑着说：“鸡崽没有少啊，我点过的。”

我听了以后仿佛如释重负，可还是有点不安：鸡崽真的没有少吗？那只被我踩伤的小鸡，后来伤口自愈了，就回去找母鸡去了，是这样的吗？

这个鸡崽的事情，使我平生第一次感受到了负罪感。后来长大以后，在二十几岁的年龄，因为不成熟的恋爱，分手的时候颇有一些爱恨情仇……我真正的伤了别人……随后的内疚引发了强烈的自责，在大半年的时间里，我都无法接受和原谅自己，从而得了抑郁症……从此我开始自省，克制着任性自私，凡事努力体谅他人。也是从那一年开始，我知道这辈子我都当不了一个坏人，因为我承受不了良心的谴责。

和好

念小学的时候，同学们有时候就拌嘴了，就互相不理睬了。然后班上的女生就会在课后，一堆人围在一起，把这两个闹别扭的丫头挤到一起，押着她们，硬要两个人互相喊对方的名字，从此和好。

我们用这个办法化解过不少矛盾。我自己也曾经跟同学闹别扭，也是被逼着喊人家的名字，停止冷战。一般情况下，这个法子都很管用。

不过也有例外的时候。记得那是四年级的时候，我和兰慧萍不说话了，同学们硬把我俩推到一起，逼着我们和好。我到底妥协了，开口喊了她的名字；她却不肯喊我的名字，无论周围的女生再怎么使用武力胁迫，她都像刘胡兰一样咬紧牙关，不肯开口。

当时的场面颇为尴尬，我一直记到今天。想必是和她拌嘴的时候，真的伤到她了吧，所以她这么决绝。唉！

孩子们不时打打闹闹，大人们也冷静不到哪里去。记得小的时候，时不时就听到村里有大人在吵架，甚至有时候还看见他们打架。好像没有哪家夫妻不红脸、整天都和和美美的。现在想想，大约是那时候的日子太苦，大人们压力太大，情绪克制不住，就爆了。

后来我读了大学，在城市生活了。城市逼仄的空间迫使大家礼貌优雅，还常常惜字如金，彼此视而不见。我觉得文雅的生活可真好……回家以后，就开始吐槽，说我妈脾气暴躁，从小到大老是骂我们。我妈叹口气说："干活的人啊！"

我妈的意思是说农活是重体力活，很累，脾气自然就好不到哪里去。可能真是这样的。后来我看了不少美国的影视作品，觉得美国人和我的乡亲们很像：脾气火爆，时不时地有个冲突。看来不管是中国人还是美国人，压力都不小，反正日子都不容易。

想想一辈子也真是长得很，一时的冲突不过是个浪花，过段时间自己就平复了。记得七岁那年，我坐在村里小卖部的水泥柜台上，帮人买瓜子。刚好老板娘那天在和人吵架，生气得很，她一把把我推下了水泥柜台，要我赶紧走，她要关门。我的后脑勺重重地撞在水泥上，大哭起来。我父母闻讯而来，瞧见我后脑勺已经起了个大包。他俩跟老板娘大吵一架，围观的人有好几十个……然后两家从此绝交，多年都不说话。可算是一场大仇。

不想十几年以后，我回到老家，发现老板娘跟我妈成了好友，两人常常唠嗑，好像一对闺蜜。我真是啧啧称奇。我跟我妈说起小时候两家吵架的事情，我妈的表情风轻云淡，好像这事压根儿就不值一提。

我们村里也有这么化干戈为玉帛的。二十多年前，兴华和长有两家打架，长有一拳头把兴华的一只眼睛打瞎了，司法判罚他出了一千五百块，结了案。两家是房前房后，从此互不来往。没想到十几年过去，两家又和好了，先前的恩怨，好像都不曾有过。这就是乡邻，脾气粗暴却又厚道朴实的乡邻。

我大伯母以前特别爱吵架，骂人骂得很难听，谁都治不了她。她跟婆婆和儿媳都打过架，五十多岁的时候骂起人来还都厉害得很。不想到六十多岁的时候，她变了，整天和和气气的，不骂人，也不打架了。她说她有高血压，又不肯吃药，啥都记不住，难怪脾气好了。看来健忘真是有健忘的好处。

散文童话和诗歌

刘亮程说，农村老人聊天的话语，写出来其实就是散文。他说的可真是好。

我妈就能写散文啊。她一辈子都在农村，种地，做家务，忙里忙外，时不时地再训斥一下父亲和我，以及我弟。父亲的同事说她是女中豪杰，能文能武。我妈的确能干，很有红旗渠女儿的英勇气概。

我读大学的时候，她曾经和父亲吵架，写信给我诉苦，洋洋洒洒几大张纸，很生动，也很流畅。她只上过几天初中。外婆家穷，供不起她上学。有的字她不知道怎么写，就画一个圈。现在想想那的确是绝好的散文，表达流畅，情感丰沛得很。

后来我工作了，假期会回河南，我妈会像杜甫一样满怀疾苦，不时给我讲村里人在外打工，经历了什么悲苦。她讲的内容有时候太过凄惨，听得我心里难过得很。她不是专业作家，不懂得含蓄一点。这也不能怪她，她一辈子都在老家，读书不多。点燃一支蜡烛胜过诅咒黑暗，这个道理我也是二十好几，见过太多黑暗之后，才懂的。

我妈常常跟我投诉，说父亲除了教学，别的啥心都不操，很没有责任心。我长大以后才知道，其实也不能太怪父亲。这个家族一直被忧郁症困扰，我爷爷的几个儿子都很忧郁，整日愁苦。忧郁到极度，那就是无助，就只能像个孩子一样说："那怎么办？"先前的农村，哪懂得什么忧郁症，不晓得吃药的。

父亲一辈子都被忧郁情绪困扰，很不开心。时不时地，他也会自娱自乐，高兴起来。他会弹琴，拉二胡，写毛笔字，唱歌，然后心情就好起来了。他开心的时候就很像个小孩，常常自言自语："嗯，这到底是怎么回事？"然后就开始闷头思索。他还会修收音机的，完全是自己琢磨出来的。他说自己的八字里有颗华盖星，所以喜欢思考。

我长大以后，也像他一样，时不时地就开始思索：这是怎么回事呢……

父亲很有小孩的性格，有时候会像孩子一样撒娇，有时也像孩子一样富有同情心。他和我妈争执，我有时候会说我妈不对，他就开始劝我："哎，一人不受二人气嘛。"语气就像孩子一样天真。

我觉得父亲是个写童话的。我听他讲了一辈子的童话。

小侄子出生以后，我们家就开始有人写诗歌了。小侄子很聪明。

一岁多一点的时候，我带过他一段时间。他整天喜欢发问，不管什么都要求给他讲解，好奇心旺盛得不得了。时不时地，他会变成一个诗人：吃饭的时候，他抬头四下看着，看见客厅里挂着《松鹤延年》的图画，就拿起勺子，甜甜地说：“仙仙（仙鹤）吃。”有时候说：“松树吃。”接着看见风扇，他又递过勺子，说：“电扇吃。”外面有拖拉机突突地开过，他扭过头去，说：“突突吃。”他真是浪漫得像个诗人。

一眨眼小侄子就长大了，他十岁了，上小学五年级了。他无意中听见爷爷奶奶在客厅小声说话，说他爸爸妈妈在闹离婚。他的学习成绩就一落千丈，期末的时候三门功课都不及格。讲了一辈子童话的爷爷捶打了他，他表态说要好好学习。他父母后来又和好了，谢天谢地。

就在几天前，小侄子去初中学校报到了，眼看着就是大孩子了。他大概从此要从李白变成杜甫，渐渐地会懂得，世上的鸟儿总是受惊，花朵们老是淋雨，大地太过沉重，而风声多么地悲伤……风会把花朵刮感冒的。风会刮散黑夜的浓稠吗？他还不知道。

⊙我爹拍的雪景，雪里面是他种的桃树

知了

我的故乡盛产知了，一到夏天，就吵个没完。我们从小就喜欢逮知了，不是树上会飞的知了，是泥土里面、洞穴里面只会爬的土知了。

夏天的时候，一场暴雨过去，地面上的土会被大雨拍得松散许多。知了的洞穴常常这么暴露出来——最上层的土被拍没了。孩子们拿着搪瓷的茶缸，低着头找知了，满村地转。一眼瞧见地上有个小缺口，洞口的形状看着还不规则（如果洞口是圆圆的硬币大小，就意味着里面的知了早就跑出去了），就知道有知了要爬出来了。这时候就把手指头伸进洞穴，捏着知了的爪子，把它轻松提出来，然后带回家去，洗干净了，再央着大人用油把知了炸了，津津有味地吃着那一丁点的肉。我小时候也吃过，好像不大好吃。

后来城里人开始吃这种土知了，有人来这里收购，最初一个几分钱，后来渐渐涨价，现在要几毛钱一个了。大人孩子都会去逮知了，傍晚的时候就出发，从村里到田地里，甚至到远远的山脚下、大河边。一夜过去，多的可以挣到几百块。在农村，这可是不小的数字。

然后就有聪明人发明了新的逮知了的法子：在自己家的果园里，有很多知了，傍晚的时候就会从洞穴里走出来，它们打算到附近的果树上脱壳，变成飞蝉。果园的主人会在果树的树根部位缠上一圈透明胶带，傻知了爬到这里，总是打滑，怎么都前进不了。然后主人就轻松捉住它们，丢进水桶里。半个夜晚过去，能捉上几百甚至上千只知了。据说一个夏天过去，有人在自家果园里捉到的知了，卖了有上万块钱。不得了。

我们那里现在几乎家家都种果园，这个法子很快就流传开了，大家都这么赚钱。这些笨知了们，前仆后继地向果树上扑过去，然后纷纷在胶带前面马失前蹄，成为俘虏。大约几天或者几个月以后，这些土知了又会变成餐盘里的佳肴……这样的故事一直在上演，年年都可以捉到许多的知了，知了们好像总也捉不完。

知了这种昆虫确实笨头笨脑，行动慢得像大象，偏偏个头又小，还不机灵，也难免在食物链里落了下风。

可是人呢，许多的聪明人，智商超过130的聪明人，有时也仿佛笨得如同知了啊——

当年轻的博士怀揣梦想，一心想大展宏图，可偏偏遇到武大郎开店，被压制着不能发展的时候；当权力所有者垄断了资源，不断变相寻租，年轻人只能给大佬打工，还要接受他们制定的苛刻的考核标准的时候……这时候聪明的、高学历的博士们，和知了相比，又高明在哪里呢。

校庆

那天在天涯莲蓬鬼话，看到有个女孩说自己见得到鬼，还说她听到过一棵种了几十年的牡丹花问她："你疼不疼？"

我的天，植物果然是有灵魂的。牡丹长久了，就成精了呢。

记得清华大学的四教门前，也有牡丹，是 1996 年种的。记得是四月底，刚好吹过黄沙，期中考试前后，牡丹是紫红色的，大朵大朵的，枝桠不高，疏朗有序。我曾经站在旁边看过好一会儿。

二十年的时间可就过去了。

这几天是清华的校庆，我拜托同学去看看四教前面还有没有牡丹。可能全班就我一个人还惦记着：四教面前，牡丹可好？

同学发了照片给我，牡丹果然还在！紫红色的花朵，沉稳雅致，大气得很。牡丹树已经长高许多，根茎都颇有岁月的味道了。

牡丹如果会说话，她们会说些什么呢？

我估计她们多半会无话可说。清华的学风很是扎实，每天就是上课、自习，得闷着头苦学。这么多年应该也没多大变化，牡丹每日所见，就是潮水般的学生骑着自行车，背着书包，来上课、来自修，来来往往。

我猜她们会很寂寞，可能偶尔会吐槽一句：这些理科麻瓜，哼。

我也就隔着屏幕欣赏着牡丹了。今年的校庆我照例没有回去。二十年来我都是个文艺女青年，跟清华的理工氛围格格不入，也没想着回去。

我在南国默默地想念着记忆里的花朵。一会儿看到同学发了照片，是许多老校友返校，在老图书馆面前的合照。都是七八十岁的老人家了，满头银丝，精神饱满，都围了紫色的丝巾，这些学兄学姐们都很朴实，看着大气得很。

我仔细看着照片。另外一张照片里，学长们站在老图书馆里面，身后就是褐色的桌椅。我记得桌子很厚重的，有着很细腻的微光。记得旧馆里的自习室，就是当年曹禺写出《雷雨》的地方。当年我不时在那里自习，看烦了理科的书，就转去翻看文艺作品了。不想二十年后，我也开始写作了。

老图书馆是美式建筑，红砖墙，满墙都是爬山虎，好看得很。我记得的。

我们仨

差不多是二十年前了吧，中秋节的时候，涂俊、何俱我们三人一起过节。涂俊带来了好吃的月饼，有莲蓉馅儿的，有蛋黄馅儿的，香得很。那好像是我吃到的第一块高级月饼。以前在老家，月饼朴素得很，和面饼区别不大，不过是多了橘子皮、花生仁什么的。我妈也不大过节。农历八月十五的时候，我好像都在学校，用功学习着呢。

所以到了读研究生的时候，和她俩一起过的中秋，才算是真正的中秋节。

我和何俱是研究生班的同学，涂俊是她的朋友。她俩都是川妹子。我们三人一起聊天，八卦，讨论帅哥和美衣。我当时好像是正在为情所困，涂俊正在花痴一个校草。当年青涩的我们啊……真是古典得很。后来，有一天涂俊粗暴地抨击了我的衣服，否定了我的审美……我和她就少了来往。

不过今天回想起来，当年的我，也没懂事到哪儿去。

再后来我们毕业了，像蒲公英一样，各自被吹散到远方去了。音讯渐渐地稀少，最后终于没有。

我不停地被尘世打磨着，一直打磨到了中年。这时候有了微信，我们三个重又联系上了，聊起天来殊不陌生，大约是学生时代的亲近感，早已经在岁月里生了根。

何俱在美国，已经结婚生子，终日忙碌。她说自己是房奴，孩子还生病。我和涂俊在国内的大学工作，都是单身，我俩不肯向世俗妥协。压力从四面奔涌而来，我常常觉得人生暗淡。我开始喜欢看国画了，觉得里面的苦闷，一如我心。

有天我坐班车回家，看着窗外的秋雨打在玻璃上，窗户上一片模糊，绿色的树木看起来都是黑乎乎的。我拿出手机开始拍照，拍出来的画面很像是国画：黑色的树荫如同墨块，灰白的天空仿佛留白，黑白的水墨之间夹杂着水的痕迹，像是许多的泪痕。

我把照片发到了朋友圈，何俱和涂俊都点赞了。一晃我们就到了中年，看得懂国画了。我们在水墨人生里，继续勇敢前行。